Toni 11,6

Histoire du convoyeur

DU MÊME AUTEUR

Lyon, révolutions tranquilles, Autrement, 2006

Alice Géraud-Arfi

Toni 11,6

Histoire du convoyeur

Stock

Couverture Atelier Didier Thimonier
Photo de couverture : © ImageForum/AFP

ISBN 978-2-234-06464-5

À Fabrice

Côte D1, compte rendu d'enquête,
DIPJ de Lyon, Le 05/11/2009

Infraction : vol

Nombre d'auteurs : 1

Nature du lieu : voie publique

Préjudice déclaré : 11 605 000 euros

Dégâts : aucun

Préjudice corporel : non

Mode opératoire : Vol du chargement d'un fourgon blindé de la société Loomis par le conducteur du véhicule.

1

Le mur

L'argent, il verrait plus tard. D'abord, il lui fallait s'occuper du mur. S'il commençait à penser à l'argent, il perdrait. Il se perdrait. Le mur était la clé. La preuve de sa supériorité. Celle de leur infériorité. Derrière ce mur, il y aurait la meilleure des planques : un endroit qui n'existe pas. Un non-lieu. Au milieu de la ville. À la barbe de la police. Il a souvent imaginé les flics refermant le garage après l'avoir fouillé. Ils auraient laissé sans le savoir plus de onze millions d'euros à quelques mètres d'eux, cachés derrière un faux mur invisible. Au bout d'un moment, ils auraient rendu les clés au propriétaire. Le garage aurait peut-être même été reloué à quelqu'un d'autre. Et l'argent serait toujours là. Dormant derrière le mur. En attendant, lui serait loin. Il serait revenu le chercher plus tard. Bien plus tard. Il aurait attendu des mois. Peut-être plus longtemps encore. Et seulement à ce moment-là, il aurait pensé à l'argent. Il aimait cette idée surgie un peu par hasard.

Dès le départ, il savait qu'il ne fallait pas garder l'argent. L'argent, c'était à la fois le piège et la récompense. La récompense ne viendrait qu'après la victoire. Elle viendrait donc plus tard. Il pensait au départ que ce garage souterrain suffirait à son plan. Mais la première fois qu'il bascule la porte métallique du box numéro 105, il a un doute. Il reste là longtemps. Le lieu est isolé, certes. Le garage est au fond du parking, dans un coin presque un recoin. Mais il se dit qu'il ne pourra pas laisser l'argent ici. Il observe ce rectangle de quelques mètres carrés où il n'y a rien à observer. Une porte. Quatre murs. Cela ne fait pas un coffre-fort. D'autant que les policiers remonteraient forcément, tôt ou tard, jusqu'au garage. Il ne peut pas prendre ce risque. Il doit changer son plan. Entreposer l'argent ailleurs. Dans un endroit que rien ne relierait à lui. Il y pense, parce que c'est l'évidence. Et la prudence. Il se dit qu'il faudrait protéger ces billets. Que personne ne puisse y avoir accès. Sauf lui. Il pense au principe de la cage de Faraday pour isoler des ondes électromagnétiques. Il a appris ça quand il était électricien. C'était il y a longtemps. Maintenant, il est là, à réfléchir à tout ça, les yeux perdus dans la pénombre de ce box sans électricité. Il fixe le mur du fond. Une porte. Quatre murs. L'idée. Il va construire un cinquième mur. Un mur qui prendra la place du mur du fond. L'argent sera derrière. Et personne n'en saura jamais rien. Le box sera vide. Les policiers le fouilleront. Puis ils repartiront. Ils ne reviendront pas. Parce qu'on ne fouille pas deux fois un lieu vide.

Pour que ce mur se confonde avec le premier, il faudra que le box ne paraisse pas plus petit. Que le volume de la pièce demeure. Le box est exigu. Le mur devra donc être près du fond. À trente centimètres au maximum. En comptant la largeur des parpaings – vingt centimètres –, il restera un espace d'une dizaine de centimètres entre les deux murs. Une couche d'air verticale d'un peu moins de deux mètres cubes. Le convoyeur calcule. S'il entasse les billets en matelas, débarrassés de leurs boîtes en carton et conditionnements en plastique thermosoudés, il y aura là la place pour plus de dix millions d'euros. L'équivalent de ce qu'il transporte certains jours dans les tournées de la Banque de France. Pour que ce mur se confonde avec le premier, il faudra qu'il soit parfaitement identique. Ce sera simple. Les parpaings du mur initial sont standard, bruts, non peints. Il achètera les mêmes, exactement. Il en prendra cinquante-cinq. Il lui faudra aussi du matériel pour faire le ciment sur place : seaux, truelles, bâche, scie... Il fera une étude de marché, parce qu'il est ainsi, et il ira au Leroy Merlin de Saint-Priest. Par souci de discrétion, il utilisera la Kangoo préalablement louée en vue du casse. Par prudence, il paiera en liquide. À cette époque-là, il aura en permanence des liasses dans ses poches. Les mois précédents, il aura pris soin de vider tous ses comptes en banque. Il prendra quelques jours de congé début octobre pour se mettre au travail. Il lui en reste plein, des jours de congé à prendre. Une fois de plus, Loomis n'a pas voulu lui en donner cet été. Dix ans qu'il bosse dans cette boîte. Dix ans qu'il n'a pas de vacances l'été. Parce qu'il est célibataire sans enfants. Il pensera à eux en construisant le mur. Il leur dédiera chaque pelletée de ciment.

Le premier jour, il fait ses achats. Après, il lui faut encore trois matinées pour terminer l'ouvrage de sa vie. Il n'est pas maçon. Il prend son temps. Il s'applique. Il n'y a pas d'eau dans le garage, il en emporte sur place pour le ciment. Il n'y a pas d'électricité. Il tire un fil et branche une vieille lampe à abat-jour. Posés les uns sur les autres en quinconce, les cinquante-cinq moellons finissent par former un jumeau – presque – parfait du premier mur. Derrière, il a fixé un tissu recouvert d'un papier d'aluminium (une sorte de couverture de survie) pour brouiller d'éventuels traceurs. Il dit qu'il connaît des techniques militaires pour arrêter les ondes. Entre les parpaings et le plafond, il reste six centimètres d'espace vide. Six centimètres dans lesquels il faudra intégrer une trappe invisible. La plus petite possible. Elle devra se fondre dans le mur. Il pose sur sa tranche une planche en bois entre la dernière rangée de parpaings et le plafond. Au milieu, il découpe un rectangle suffisamment grand pour pouvoir glisser une main et des liasses de billets. Pas plus. Il se dit que la trappe aurait été encore plus discrète placée en angle. Mais les billets se seraient entassés dans un coin, sans pouvoir se repartir sur l'ensemble de l'espace disponible. Or, il aura besoin de tout cet espace pour ses millions. La trappe est donc au milieu. L'ouverture est biseautée, afin que les billets puissent retomber de chaque côté en pyramide. Il rebouche ensuite l'ouverture avec le rectangle de bois qu'il a découpé et sur lequel il a planté un clou en guise de poignée. Puis il recouvre cette ouverture avec une paire de chaussettes usagées couleur rose poussière. Il étale aussi une couche de ciment dessus, afin d'assurer la continuité entre le mur de parpaings et le plafond. Depuis la position d'un homme debout, on ne voit qu'un mur gris. Identique au premier mur. Invisible. Il y a juste, au milieu, sous le plafond, ce bout de tissu chiffonné rose poussière qui ressemble à une aération bouchée. C'est-à-dire à pas grand-chose.

Le convoyeur a calculé le temps nécessaire pour glisser les trois cent à cinq cent mille billets par la trappe. Une dizaine d'heures. Peut-être plus. Il faudra tout dépecer. Les cartons, les emballages plastique thermosoudés, les bagues. Il faudra vérifier s'il n'y a pas d'éventuels traceurs. Ce sera long. Mais, ce jeudi 5 novembre, il y aura un imprévu et il ne disposera pas de ce temps-là. Les paquets sont restés entreposés dans leurs conditionnements au fond du box. Sous la bâche bleue dont il s'était servi pour faire son ciment. Les policiers ont découvert le box et le butin deux jours seulement après le casse. Ils ont recompté les billets. Ils noteront qu'il en manquait trente-cinq mille cinq cents. Deux millions cinq cent mille euros. Ils ont restitué ceux qu'ils ont retrouvés à la Banque de France. Ils ont refermé la porte du box. Ils n'ont pas remarqué que le mur du fond n'était pas à sa place. Qu'il y avait des traces de ciment frais sur la bâche. Et une aération bizarrement bouchée d'une paire de chaussettes en haut du mur. Le mur est toujours là. Personne ne l'a jamais remarqué. Derrière, il n'y a pas l'argent. Mais, depuis sa prison, Toni Musulin aime bien penser à son mur.

2

La prison

La première fois ne compte pas. Il ne vient pas. Le gardien des parloirs m'explique en raccrochant le téléphone interne à la prison : « Il ne veut pas venir jusqu'à vous, il ne veut pas sortir du quartier d'isolement. Il dit que c'est lui qui décide où ça se passe. » Mercredi 10 novembre 2010. Toni Musulin est détenu depuis un an, presque jour pour jour, dans une cellule du quartier d'isolement de la maison d'arrêt de Corbas, au sud de Lyon. Il avait accepté le principe de ces entretiens depuis de longs mois. Mais nous ne pouvions nous rencontrer qu'une fois son jugement en appel prononcé. Une semaine plus tôt, le 2 novembre 2010, Toni Musulin avait été condamné par la cour d'appel de Lyon à cinq ans de prison ferme pour vol et tentative d'escroquerie. Le maximum de ce qu'il pouvait encourir.

Deux ans de plus qu'en première instance. Comme un clou qu'on finit d'enfoncer. Toni Musulin avait entendu le président de la cour énoncer la sentence depuis sa cellule en regardant à la télévision le journal régional de France 3. Ce jour-là, le parquet n'avait pas jugé utile de l'extraire de la prison pour le conduire au palais de justice de Lyon où était rendu en séance publique l'arrêt fixant son sort pour les années à venir. Les magistrats de la cour, eux, n'avaient pas pensé à faire évacuer comme il est de droit les caméras une fois l'audience publique commencée. Ils ont donc énoncé leur sentence à la télé. Et en l'absence du condamné. Les avocats de Toni Musulin dénonceront l'illégalité du procédé, et souligneront son inélégance. Ils annonceront des suites juridiques. Toni Musulin, lui, haussera les épaules. Il verra là la confirmation de l'acharnement judiciaire dont il s'estime victime depuis sa reddition. Il dira que cela ne l'impressionne, ni ne le touche. Il laissera cependant échapper un verbe fleuri, mélange de colère et de mépris, à l'encontre des représentants du « système », le système judiciaire. Et il préviendra que lui aussi peut « faire chier ». Donc, le 10 novembre, il ne se déplacera pas aux parloirs des avocats où je l'attends. Il me fera dire que cela n'a rien contre moi. Que c'est « contre eux ». Ceux du système. Il viendra les fois suivantes. Et puis plus. Chaque fois, en préambule, il m'expliquera qu'il n'a pas envie de parler. Qu'il n'aime pas parler. Qu'il refuse d'évoquer sa personnalité, son passé, ses liens avec son pays d'origine, la Serbie. Le premier jour, il commencera néanmoins par ces mots : « Je suis un homme des pays de l'Est. » Après, il se tait. Durant ces silences-là, son regard bleu se met à briller. Il semble se sourire à lui-même. Dans ce parloir de deux mètres carrés, sans fenêtre et sans poignée intérieure à la porte, encombré d'une table, de deux chaises et de nos présences, particulièrement de la sienne, calme quintal musculeux, il montre crânement la liberté qui est la sienne. La seule possible entre ces murs. Celle de dire ce qu'il veut.

Dans ses souvenirs, il y a d'abord des images. Pas celles des miradors ni des barbelés. Lorsqu'il est conduit pour la première fois à la maison d'arrêt de Corbas, Toni Musulin ne voit pas la prison. Parce qu'il est aveuglé par les flashs des photographes. Il se souvient d'un groupe posté devant l'entrée qui lui fait l'effet d'une meute. « Ils sont comme des chiens sur un os. J'ai jamais vu autant de photographes. » Après, seulement après, lui apparaît cette masse beige et grise de onze hectares, plantée au milieu de rien, quelque part dans le sud suburbain lyonnais, dans un entrelacs de routes et de ronds-points où ne semblent se croiser que des semi-remorques. La maison d'arrêt de Corbas est un ensemble de bâtiments flambant neufs, qui pourrait presque ressembler à ces grappes d'hôtels collées aux zones aéroportuaires. Si elle n'était sanglée de miradors et de barbelés. Et surmontée d'un filin de sécurité métallique en toile d'araignée.

Il se souvient ensuite des bruits. Des cris. Accompagnés d'un brouhaha indescriptible. À la fois sonore et étouffé par la modernité des lieux, son linoléum et ses faux plafonds. Il entend son nom. À plusieurs reprises. Et il entend « bravo ! ». Il perçoit de l'admiration. Il se rend compte que, derrière ces murs et ces portes aveugles, ils sont nombreux. La maison d'arrêt peut accueillir 690 détenus. Au moment où Toni Musulin arrive en novembre 2009, il y en a plus de 800. Il se souvient d'avoir été reçu de manière courtoise par une gradée de l'administration pénitentiaire. Il dit d'ailleurs « une dame ». Elle lui fait faire les gestes et les formalités d'usage. Les empreintes. La photo. Le numéro d'écrou. Il sera désormais le détenu 1927.

Plus loin, il y a toujours ce bruit. Les voix et le tapage. Il est conduit vers le quartier d'isolement. Il ne sait pas encore trop ce que cela signifie. Il se dit juste que c'est loin. La maison d'arrêt de Corbas est immense. Il faut parcourir plusieurs centaines de mètres pour passer d'un quartier à un autre. Changer de bâtiment. D'étage. De couloir. Plus il avance, plus il remarque les portes qui se ferment derrière lui. Elles ne ressemblent pas à des portes de prison. Pour gommer les poncifs carcéraux, elles ont été peintes de couleurs vives. Rose, vert pomme, bleu. Comme dans une halte-garderie ou une école maternelle. Le décalage entre la couleur et la fonction est grossier. Ces carrés de couleur s'ouvrent et se ferment automatiquement, dans un chuintement. Ici, tout se fait par télécommande. Le contact humain est à Corbas limité au strict minimum. Lorsqu'ils sont dans les couloirs, les détenus sont surveillés derrière des vitres sans tain. Ils peuvent se déplacer d'un endroit à un autre sans jamais croiser personne. Juste deviner des ombres derrière ces faux miroirs. Des ombres qui parfois parlent depuis des interphones. Toni Musulin ne connaît rien de tout cela au moment où il s'enfonce dans ces couloirs interminables aux couleurs improbables. Il ne connaît rien du système carcéral. Il est impressionné. Plus il s'enfonce, plus le vacarme général semble s'assourdir. Peut-être à cause de l'insonorisation des bâtiments. Et du linoléum au sol. À moins qu'il ne s'y habitue déjà. Il n'entend plus que ces portes qui s'ouvrent et se ferment. La dernière sera la sienne. Elle s'ouvre. À l'intérieur de sa cellule, son paquetage de prisonnier l'attend, avec sa couverture ignifugée et ses couverts. Sur la table, son repas est servi. La porte se referme.

Il est pour la première fois seul depuis la cavale. C'est à cet instant précis qu'il situe la fin de la liberté. Le début de l'autre vie. Il n'avait pas encore eu le temps de réaliser. Deux semaines plus tôt, il était un convoyeur sans histoires. Deux jours plus tôt, il était à Monaco, recherché par Interpol. Il sonnait à la porte du commissariat. Sans se figurer réellement où ce premier geste de reddition le mènerait. Le voyage se termine dans ce rectangle de béton. Maintenant il en est certain. Il regarde son paquetage, son lit fait et sa gamelle posée sur la table. Et il a un curieux sentiment. Celui que tout était déjà écrit. Décidé par « eux » sans qu'il ait en réalité la moindre marge de manœuvre. « Eux », ce sont les flics, les magistrats, le système. Cette cellule est la cage qu'ils lui ont sculptée. Il n'aime pas ce sentiment. Il est angoissant. Il peut chasser le sentiment. Mais il reste la cellule de béton. Il reste le paquetage, la gamelle et les bruits à la fois infernaux et sourds de cette prison. Il y avait un match de foot ce premier soir de novembre. Les cris ont redoublé. La première nuit est un enfer. Les suivantes aussi. Toni Musulin n'a jamais réussi à dormir en prison. Dès les premiers soirs, il prendra des cachets. Il essaiera tout. En vain. Il a appris à se contenter de nuits hachées. Il a oublié l'abandon dans le sommeil. « La nuit, raconte-t-il, ce sont des cris. Et quand il n'y a pas les cris, il y a la lumière de la cellule que les gardiens allument trois à quatre fois par nuit. »

Le lendemain de son arrivée, le bruit qui l'avait accueilli a déjà changé de nature. Ce bruit, soudain, comme une rafale de vent, s'était retourné. Il l'a pris en pleine face. Il entend encore son nom. Mais plus de « bravo ». Il se souvient de « Toni, on va te faire cracher ton magot ». Il se souvient aussi des insultes. Il comprend alors pourquoi il a été placé d'office en régime d'isolement. Pour ne pas subir la pression des autres. Parce que l'argent rend fou. Parce qu'ils ne lâcheront pas. Ils voudront leur part des 2,5 millions dont tout le monde parle. Et ils seront prêts à tout. Toni Musulin ne contestera jamais son placement à l'isolement. Il a compris aux premières heures de sa détention qu'il n'aurait pas le choix. Mais il ne le supporte pas. Il décrit un régime « inhumain » qui s'apparente de fait à une « double peine ». « À l'isolement, on devient une bête. On n'est plus un être humain. Je deviens taré. Je tape sur les portes pour ne pas taper sur quelqu'un. Jusqu'au moment où j'en peux plus... » L'isolement est conçu pour permettre à l'administration pénitentiaire de placer à l'écart certains détenus sans user de mesures disciplinaires. Sont placés à ce régime ceux qui peuvent être dangereux pour les autres détenus ou ceux, comme Musulin, qui peuvent au contraire être des proies. Sont placés là les criminels sexuels ou particulièrement violents, plus rarement les VIP ou les ex-policiers. À l'isolement, ils sont seuls en cellule et ne croisent jamais aucun autre prisonnier. Ils n'ont pas accès aux promenades communes. Ni aux cours ni aux ateliers de travail. Chacun a sa douche dans sa cellule, donc aucune raison de sortir. En isolement, on n'ouvre pas les cellules dans la journée pour que les détenus puissent circuler entre elles et communiquer, comme c'est le cas dans d'autres quartiers. Ici, la vie sociale n'existe plus.

Toni Musulin est un détenu très particulier. En plus du régime d'isolement, il a refusé, à l'exception de ses avocats, et jusqu'à ce qu'il accepte de livrer son témoignage pour ce livre, tout parloir. Sa famille n'a pas compris. En recevant la première lettre de refus à sa demande de permis de visite, Vinko, son père, a pensé que c'était « le juge » ou « la police » qui ne l'autorisaient pas à voir son fils. Il soupçonnait une mesure vexatoire à l'encontre de son fils. Il n'imaginait pas que celui-ci puisse tout simplement refuser de voir son père. Personne ne lui a jamais vraiment expliqué. Les autres – cousin, tante, neveu – ont essayé aussi d'obtenir un permis de visite. Ils ont insisté. D'anciens collègues aussi ont tenté. Les demandes, systématiquement rejetées, ont fini par se raréfier. Et Toni Musulin est resté sans voir personne. Il dit qu'il ne veut pas que les autres s'apitoient sur son sort. Que la prison, c'est son affaire. Il ne mélange pas les histoires et les gens. Il en a toujours été ainsi. Alors en prison, il voit ses avocats. Point. Sans eux, reconnaît-il, il ne tiendrait pas.

Me Hervé Banbanaste et Me Christophe Cottet-Bretonnier viennent lui rendre tour à tour visite une fois par semaine. Ça passe un après-midi. Ce qui en prison correspond à un petit bout d'éternité. Les visites de ses avocats lui permettent aussi de cantiner. À l'isolement, il ne peut pas travailler, et donc ne peut pas gagner l'argent nécessaire pour se procurer les produits proposés par le système de cantine officielle de la prison. Il a des envies simples. Du vrai café ou du poivre. Des détails du quotidien qui aident à se sentir vivant. Il a peu d'affaires personnelles dans sa cellule. Un lecteur DVD, des gants pour faire ses exercices de musculation, des magazines, et quelques films. Lors de son deuxième procès, devant la cour d'appel de Lyon, l'un de ses avocats, Hervé Banbanaste, l'a invité à s'exprimer à la barre sur cette vie à l'isolement. Toni Musulin s'est levé et a tendu son visage vers le micro. Il avait l'air décidé à parler. Pour une fois. Il *voulait* le faire. Il tenait à témoigner sur le sujet. Mais de sa barbe, ne s'est finalement échappé qu'un filet de phrase. Il a juste dit : « C'est triste. » Les mots, étranglés par l'émotion, étaient à peine audibles. Puis il s'est tu. Et s'est rassis sur sa chaise dans le box des prévenus, tête baissée. Gardant pour lui le récit de cette condition de détenu particulier.

Si les mots étaient sortis ce jour-là, il aurait pu décrire ce quotidien meublé de rien qui a pour tout décor une pièce de neuf mètres carrés. Un lit, un coin toilette avec W-C et douche, un bureau, une chaise, une étagère. Rien de personnel. Décor brut, clos. Et quasiment aveugle. Afin d'éviter la pratique du yo-yo, bricolage qui permet traditionnellement aux prisonniers de s'échanger des objets suspendus par des ficelles d'une cellule à l'autre, l'architecte qui a conçu cette prison a prévu des caillebotis devant chaque fenêtre. Toni Musulin n'avait pas l'intention de faire de yo-yo, mais il voudrait voir le ciel. Le grillage en bois crée une distance de plus avec le monde. Et il y en a suffisamment ici. Il dit que c'est contraire aux droits de l'homme. Parfois, son décor se modifie très légèrement, lorsqu'on le change de cellule. Cela arrive régulièrement sans qu'il sache les raisons de ces déménagements. Il espère à chaque fois en avoir une qui donne sur l'extérieur. Il peut alors regarder le ballet des voitures et des semi-remorques. La menue distraction permet d'introduire une microscopique dose d'aléatoire dans l'immuable répétition des journées.

Toni Musulin se lève à 7 heures. Il prend sa douche. Puis son petit déjeuner. Le terme « petit déjeuner » est à son sens un peu surfait pour le menu qu'il détaille : « Pain rassis de la veille, café soluble, lait en poudre et confiture qui ressemble surtout à du sucre. » À 8 heures, il va en promenade. La cour mesure cinq mètres sur cinq, elle est flanquée de murs de six mètres de haut. Des volumes qui laissent une place marginale à l'impression d'être à l'air libre. Durant une heure et demie, chaque matin, Toni Musulin court. Comme avant. Comme dehors. En fait, il ne peut ici que tourner en rond à petites foulées. Il précise qu'il fait six tours à la minute. Il sourit de son calcul. « On a le temps de compter n'importe quoi en prison. » Il continue en rentrant en cellule. Il soigne son corps. À chacune de ses apparitions publiques, lors de ses audiences, son physique imposant semble avoir pris encore de l'épaisseur. Il dit que c'est tout ce qui lui reste. Il a trouvé un système pour ses exercices de musculation en cellule. Il soulève des sacs plastique de supermarché remplis de bouteilles d'eau. Il a été obligé d'inventer parce que, longtemps, la salle de musculation à laquelle il avait accès ne disposait que d'un vélo de cardiotraining. Lorsque la député européenne Éva Joly était venue visiter la prison de Corbas à l'hiver 2010, il lui a fait part du problème. Le nouveau directeur de la prison lui avait alors promis une nouvelle salle. Il a tenu sa promesse. Toni Musulin dispose désormais d'une vraie salle de sport.

Ici, tout lui paraît suspendu. Il attend les repas avec plus d'inquiétude que d'impatience. Servis à 11 h 30 et 17 h 15, ils sont, selon ses mots, « toujours dégueulasses ». Il dit que la bouffe le « rend fou ». Il raconte les tranches de jambon qui ne ressemblent pas à du jambon, le poisson qui rend malade, les desserts pas tous les jours. « Je voudrais que le type qui compose ces plats les mangent avec moi pendant une semaine. Je voudrais le voir manger ses repas. » Les journées de Toni Musulin s'achèvent vers 21 h 30 comme elles se sont déroulées. Il se couche, dit-il, parce qu'il n'y a rien d'autre à faire. Ses journées sont des non-choix. Il résume ainsi la prison : « Ne plus pouvoir décider soi-même de rien. » « Avant mon incarcération, à trente-neuf ans, je décidais de tout. Je n'ai donc plus le choix de ce que je vais manger, je dois même aller aux toilettes à des heures précises, je n'ai plus la liberté de rien. Donc, le seul choix qui me reste, c'est de prendre une douche ou pas, de me coucher, de regarder telle ou telle chaîne. Ma liberté se résume à ma télécommande, je peux appuyer sur ce bouton-là, ou sur celui-là. » Comme il est un peu bricoleur, avec le temps, il a appris à trafiquer le quotidien carcéral. Il a réglé sa télé en mode multilangues. Il en est assez fier.

Quand il ne fait pas de sport, il regarde des documentaires à la télé ou regarde ses magazines. Souvent, aussi, il prend des livres à la bibliothèque de la maison d'arrêt. Il cite juste un manuel sur les règles et le fonctionnement des prisons et un « livre scientifique ». Il aime les activités utiles. C'est comme ça qu'il s'est mis à apprendre l'anglais. Il a commencé par la méthode *L'anglais en 90 jours et 90 leçons* que lui ont apportée ses avocats. Quand les quatre-vingt-dix jours ont été passés, il a continué avec une méthode d'approfondissement. Au bout d'un an, il a eu droit à une visiteuse qui lui donne bénévolement des cours d'anglais tous les jeudis. Il déteste perdre son temps. Au début de son incarcération, Christophe Cottet-Bretonnier s'était dit qu'un peu de lecture lui ferait peut-être plaisir. Il lui avait apporté la biographie de Gainsbourg par Gilles Verlan. Comme ça, parce qu'il venait de la relire et qu'il l'avait trouvée bien. Il connaissait encore peu son client. Les deux hommes ont à peu près le même âge. La presque quarantaine. La génération, pensait l'avocat, pour qui Gainsbourg est une sorte de valeur sûre et partagée. Toni Musulin lui a rendu son livre. Il n'aime pas ce type. Il se souvient de la fois où il avait brûlé un billet de 500 francs. Il trouve que ça ne se fait pas.

Toni Musulin hait la prison. Il hait aussi les prisonniers. Les autres détenus sont pour lui voyous ou fous. Un autre monde. Il ne veut pas les connaître. Les premiers temps à Corbas, il dit avoir reçu beaucoup de courriers d'autres détenus qui voulaient entrer en contact avec lui. Il a reçu des missives internes de quelques caïds qui proposaient leurs services, et des conseils en tout genre. Il n'a jamais répondu. Il ne veut rien devoir à personne. Il ne veut rien avoir à faire avec « eux ». Ni avec les autres, « les fous ». Ceux dont il entend les hurlements à travers les murs pas si insonorisés. Ceux qui ont commis le pire. Durant plusieurs mois, il a eu comme voisin de cellule un homme en détention provisoire pour avoir assassiné de plusieurs dizaines de coups de couteau un enfant de dix ans. Il dit qu'on dort mal lorsque l'on pense à celui qui est derrière la cloison. Il parle des incendies. La première fois, c'était au printemps 2009. Le feu a démarré à l'étage au-dessus du sien. Apparemment. Il n'est pas sûr. Parce qu'on ne sait jamais vraiment ce qu'il se passe en prison. Les informations fiables traversent difficilement les murs. Il raconte la fumée qui entre dans sa cellule. L'angoisse de sentir ce nuage toxique emplir une pièce qu'on ne peut pas quitter. Au loin, le bruit des casseroles des détenus qui frappent pour qu'on leur ouvre. Le bruit d'une panique générale. Il a cru mourir. Les peurs montent vite en prison. Et puis les pompiers sont arrivés. Il a vu un bout d'échelle passer au-dessus de son étage. Depuis, il y a eu d'autres départs de feu. Il a une technique maintenant, il mouille sa couverture et se roule en boule par terre sans bouger. Et attend que ça passe.

Il a officiellement cinq années à purger. Il dit que cela ne l'effraie pas. Qu'il pourrait « les faire sur un pied ». « Ou même au mitard. » Il s'est durci depuis sa condamnation. Il explique qu'il est passé « du mode survie au mode guerre ».

Que la prison n'est qu'un « entraînement » pour le reste de la vie. Pour la sortie. En attendant, il continue chaque jour à courir à petites foulées dans sa cour minuscule. Il montre ses baskets. Usées d'un seul côté à force de tourner en rond.

3

Bajakovo

Trois numéros de téléphone. Un fixe à Belgrade et deux portables serbes. Trois passages enregistrés au poste frontière de Bajakovo entre la Croatie et la Serbe, *via* l'autoroute Zagreb-Belgrade. Un premier en novembre 2007 à bord d'une voiture immatriculée à Belgrade. Deux autres en mai 2009 où il est entré au volant d'une Ferrari, ressorti à bord d'un bus. Toni Musulin a laissé derrière lui peu de traces de ses liens avec cette partie de l'Europe d'où, dit-il pourtant, coule tout son sang. Trois numéros de téléphone, des passages de frontière, une plaque d'immatriculation. Ces quelques éléments recueillis grâce à Interpol et à l'étude de ses factures détaillées de téléphone, n'ont pas permis aux enquêteurs de retrouver l'argent manquant au butin avant son procès. Mais ils ont suffi à le coincer pour tentative d'escroquerie à l'assurance sur sa Ferrari, en plus du vol du fourgon blindé. Et d'alourdir au passage considérablement sa peine. Ils ont surtout suffi à l'envelopper d'un halo de suspicions, donnant à son personnage une épaisseur sulfureuse, et peut-être même dangereuse. Où se mêlent indices objectifs et parfums de xénophobie anti-serbe. À peine ses origines étaient-elles connues, quelques jours après le casse, avant même que la police ne sache pour les numéros de téléphone, la plaque d'immatriculation et les passages à la frontière, que le spectre d'une fuite en Serbie s'étalait en toutes lettres dans la presse. Hypothèse qui en entraînait une autre : celle de ses liens, probables, forcément probables, avec la mafia serbe. Certains écrivaient « une mafia serbe » et d'autres « des trafiquants serbes ». Le ton trop affirmatif de ces hypothèses dans la presse française a irrité les autorités de Belgrade. Elles ont répliqué en rappelant qu'aucun passage de ce « ressortissant français » n'avait été enregistré aux frontières du pays durant sa cavale. La presse serbe s'est agacée de ce que sous-entendaient ces suspicions françaises.

Toni Musulin, lui, s'en est accommodé. Les effluves du halo sulfureux qui entoure son personnage ne l'incommodent pas. Ils lui servent, comme ses silences, à brouiller les pistes. Au passage, ils ébranlent la statue de Robin des Bois que lui ont érigée tous ces gens qu'il ne connaît pas. Ces gens qui se sont baptisés ses « fans » sur

Internet. Ces gens qui saluent l'artiste. Le remercient d'avoir volé ces voleuses de banques. Ces gens qui vendent des tee-shirts avec sa photo dessus. Qui montent des groupes de discussion pour savoir s'il a fait mieux ou moins bien que Spaggiari et s'interrogent indéfiniment pour savoir si eux-mêmes auraient été capables de détourner un fourgon blindé. Ils parlent de lui comme on parlerait foot. En commentant les choix tactiques. En distribuant de bons et de mauvais points à chaque action. Toni Musulin ne comprend pas ces gens cachés derrière leurs écrans d'ordinateur. Il n'aime pas « ceux qui parlent au lieu d'agir ». Et puis il n'apprécie guère le costume de Robin des Bois qu'ils lui ont collé sur le dos, et qui ne va pas avec le rôle qu'il s'était écrit. « Rien à voir », répète-t-il. Il profitera de sa première apparition publique, lors de son procès devant le tribunal correctionnel de Lyon, pour tenter de se débarrasser de ces nippes ridicules. Il les jettera à terre d'une mise au point lapidaire à l'ouverture de l'audience : « Je ne suis pas un Robin des Bois. » Il ne poussera cependant pas le souci de son image jusqu'à se coudre un autre costume. Il aurait pu se trouver quelque chose d'utile, servant sa personne et sa défense. Mais il est à des lieux de ces préoccupations. Des préoccupations de journalistes et d'avocats. « Je n'ai de comptes à rendre à personne. Je me fous de ce qu'on pense de moi. Je sais pourquoi j'ai fait ça.

Et cela me suffit. Même si ça a raté et que je me retrouve ici. »

Dans l'exiguïté du parloir, il évoque sa « cause ». Une cause à laquelle il ne donne pas de nom. Il dit juste : « Je sers une cause. » « On ne fait pas ce que j'ai fait pour rien. » Il finit par lâcher un qualificatif : « patriote ». Il ne veut pas expliquer le terme. Mais il le répète : « Je suis un patriote. » Il évoque aussi un « drapeau ». Auquel il refuse également d'associer des couleurs. Il rappelle encore au passage, comme pour faire lien ou sens, qu'il n'a « pas une goutte de sang français ». Ses références sont souvent serbes. Par deux fois lors de nos entretiens, il évoquera sans le nommer Dragan Mikic. Ce braqueur serbe s'était évadé de façon spectaculaire de la prison voisine de Villefranche-sur-Saône en octobre 2005. Aidé par un commando lourdement armé. Dragan Mikic appartient au gang des « Pink Panthers », baptisé ainsi par Scotland Yard parce qu'ils avaient, entre autres coups, dissimulé un diamant bleu d'un demi-million de livres sterling dans un pot de crème de beauté, comme dans le film de Blake Edwards. On ne leur connaît pas d'autre nom. Les Pink Panthers constituent un réseau estimé à cent cinquante, deux cents hommes, tous issus de l'ex-Yougoslavie, principalement de Serbie, de Croatie et du Monténégro. Leur trésor pourrait avoisiner les 250 millions d'euros. Le gang est né des cendres de la guerre. On les dit anciens militaires et miliciens serbes. Ils sont polyglottes. Fonctionnent en petits groupes organisés autour d'un noyau de quelques dizaines d'hommes basés à Belgrade et Zagreb, en lien avec la diaspora serbe en Europe. Interpol aurait identifié une partie des membres présumés de ce réseau spécialisé dans le braquage de bijouteries de luxe. Ils officient dans le monde entier : Londres, Paris, Dubaï, Tokyo ou Monaco. Dragan Mikic avait, aussi et entre autres, participé à un braquage dans la région, à Courchevel. Il a été arrêté plus tard dans le pays de Gex, à la frontière franco-suisse. Leurs coups sont extrêmement préparés. Ils agissent à plusieurs. Disposent de moyens hollywodiens : armes de guerre, hors-bord, voitures de luxe... Ils n'usent que rarement de violence. Souvent se déguisent. En cyclistes portant des masques antipollution à Tokyo. En touristes en bob et short à Saint-Tropez. En femmes pour leur plus gros braquage, celui de la bijouterie Harry Winston à Paris en 2008 (85 millions d'euros de butin). Toni Musulin n'évoque pas directement ni les œuvres, ni le nom du mythique gang de braqueurs serbes. Mais il laisse souvent traîner au fil de son récit des références explicites. Des détails qui font penser à... L'air de rien. L'évasion de Dragan Mikic de Villefranche. Ses séjours qu'il dit nombreux à Monaco. La guerre en ex-Yougoslavie en toile de fond. Sa connaissance des armes et des langues. « J'en parle plusieurs », dit-il. Même si c'est l'anglais qu'il apprend aujourd'hui en prison. Un passé militaire sous-entendu. Un réseau qui pourrait l'aider. De l'argent. Et cette « cause » mystérieuse qu'il dit servir. Des balises dont on ne sait si elles tissent de possibles liens, rendent hommage, dessinent une vague vérité ou habillent simplement un fantasme. Le mode opératoire du convoyeur, application d'un artisanat méticuleux et solitaire, ressemble bien peu aux opérations à grand spectacle des Pink Panthers.

Toni Musulin tient à préciser qu'il est de gauche. Il n'a jamais voté. « Pour qui je voterais ? Pas question de cautionner ce système fait pour écraser les peuples. » Le verbe emprunte des échos parfois marxistes, parfois anarchistes, parfois nationalistes, mais le discours général est dépouillé de toute référence. Les phrases sont des sentences de colère brute. Définitives. Politiques. Il cogne. Il peut cogner ainsi des heures durant. Il ne se fatigue pas. Il dit que les convictions ne s'usent pas. Qu'elles s'affûtent. Que ce sont elles qui le font tenir. « Il faut se battre dans la vie. Travailler comme un con en courbant l'échine, se faire exploiter, surtout ne rien dire, être un mouton, rentrer chez soi, s'engueuler avec sa nana, faire des enfants pour qu'ils deviennent quoi ? C'est pas une vie ça. La vie, c'est agir. C'est réagir. C'est un combat. Il faut se battre, tout le temps. On n'obtient que dans le conflit. » Depuis sa prison, il suit les informations à la télévision. Il a regardé sur l'écran suspendu de sa cellule passer les manifestations contre la réforme des retraites. Agacé. Il moque les défilés « bien sages et bien rangés le long des rues, le long du chemin qu'on leur a tracé ». « Ce sont des moutons qui se laissent compter et recompter. Comment pensent-ils que cela sert à quelque chose ? Ça contient la colère, c'est tout. Le gouvernement n'en a rien à foutre. Dans ce pays, il faut brûler et casser pour se faire entendre. Il n'y a pas d'autre solution. » Il dit qu'il faut toucher au nerf de cette guerre. À l'argent. « Parce qu'il n'y a que cela qu'ils comprennent. » « Ils », ce sont les politiques, les dirigeants des grandes entreprises. Ceux qui ont quelque chose à voir avec le pouvoir. « Le système est organisé pour séparer les riches des pauvres. » Il parle d'« apartheid » et de « discrimination ». Il voit une frontière étanche tendue pour que ce que possèdent les uns ne passe jamais aux autres. « Ça les fait chier quand on traverse. » Il dit qu'il le sait, parce qu'il en a fait l'expérience. Bien avant de partir avec 11,6 millions d'euros appartenant à des banques. Il a son regard qui brille. Celui dont on ne sait s'il vous toise ou vous ment. Il dit : « L'argent n'a jamais été un problème pour moi. Je me suis toujours débrouillé pour avoir ce que je voulais. » Il parle des deux Ferrari qu'il a achetées. Taches rouge métallisé dans une vie qu'il avait pourtant pris soin de colorier en gris mat. Il se dit « un homme de première classe qui voyage en seconde ». Une phrase revient régulièrement : « À trente ans, j'étais millionnaire. » Il en a quarante lorsqu'il prononce ces mots assis sur une chaise en plastique du parloir de la maison d'arrêt de Corbas.

Toni Musulin est né le 8 juin 1970 à moins d'une heure de route de là, à Saint-Martin-d'Hères, dans la banlieue grenobloise. Ses parents travaillaient beaucoup. Trop. Vinko Musulin, son père, était arrivé seul de Croatie dans les années soixante. Originaire d'une petite ville à l'extrême sud du bandeau croate qui court le long de l'Adriatique, il avait débarqué en France à Monaco avant de rejoindre la région grenobloise, où était installée une partie de la communauté serbo-croate. Il avait rencontré là Dusica, une compatriote originaire de Belgrade. Toni sera le premier enfant de ce couple serbo-croate. Le père est électricien, il enchaîne les chantiers aux quatre coins de l'Isère et des deux Savoie. La mère est ouvrière chez Mobalpa. Peu après sa naissance, ils confient l'enfant à la grand-mère. Toni Musulin a ainsi passé les premières années de sa vie dans ce qui s'appelait encore la Yougoslavie. Il avait accepté de parler de cette période avec les experts psychiatres qui l'ont entendu durant l'instruction. Pour leur confier qu'il en gardait de « très bons souvenirs ». Le retour en France a été plus difficile. Toni Musulin ne parle pas français. Il lui a fallu s'adapter au pays dont il porte pourtant la nationalité. Entre-temps, deux autres enfants sont nés chez les Musulin. Un garçon, Sébastien. Puis une fille, Loraine. Une partie de la famille de Dusica s'est aussi installée dans la région. Les Musulin se posent socialement. Ils partent parfois en vacances en Croatie sur la côte Adriatique. Au début des années quatre-vingt, ils achètent un appartement à Seynod, en banlieue d'Annecy. Les trois enfants finissent de grandir dans cette copropriété proprette. Les anciens voisins utilisent à leur propos cette expression que l'on réserve aux personnages des faits divers : « des gens sans histoires ».

Les Musulin vivent dans cet immeuble de Seynod jusqu'au divorce du couple dix ans plus tard. Le père explique que sa femme a fait des « bêtises ». Dusica quittera la Haute-Savoie pour le bout du monde, elle partira s'installer en Nouvelle-Calédonie. Son fils ne la reverra plus. Il dit qu'il n'est pas très famille. Vinko, son père, habite aujourd'hui une modeste partie d'un chalet sur les hauteurs d'Allonzier-la-Caille, pas très loin d'Annecy. L'homme a la santé usée par une retraite arrivée trop tard, et ébranlée aussitôt par « ce qui est arrivé à Toni ». Il voyait son fils aîné au mieux une fois l'an. De lui, il se souvenait qu'il vivait avec une femme, dont il pouvait donner le prénom, le nom et la profession. Elle avait un restaurant. Il était déjà allé leur rendre visite dans son établissement à Villeurbanne. Il se souvenait aussi d'une compagne plus ancienne, du temps où Toni habitait à Aix-les-Bains. Ensemble, ils auraient eu une fille, née en 1991. Mais qui s'était finalement avérée être celle d'un autre. Vinko Musulin n'en sait pas plus. Il peut citer en revanche plusieurs modèles de voitures qu'a possédées son fils. Dernièrement, croit-il savoir, il avait acheté un Renault 4 × 4. Jusqu'à ce qu'un officier de police judiciaire l'en informe le 5 novembre 2009, le père ignorait que son fils exerçait depuis dix ans la profession de convoyeur de fonds.

Lors de son audition, Vinko Musulin a expliqué aux policiers que Toni ne fréquentait plus depuis longtemps ni son frère, ni sa sœur. Le premier à cause de ses problèmes d'alcool. La seconde parce qu'elle lui aurait réclamé trop souvent de l'argent. En revanche, il est resté lié à sa grand-mère maternelle, elle aussi installée dans la région d'Annecy. Cette grand-mère, Miléva, avait d'une seconde noce une fille, Boyca, du même âge que Toni. Cette dernière se présente comme sa presque sœur. Miléva et Boyca sont les dernières personnes de la famille qu'il a vues avant de faire son casse. C'était en mai 2009. La tante presque sœur l'avait appelé un mois plus tard en juin pour lui souhaiter son anniversaire, puis l'inviter à celui de son mari. Il n'a jamais répondu à ses appels. La tante presque sœur ne s'en est pas inquiétée, résumant ainsi le caractère de son neveu presque frère : « Toni est un solitaire. » Il voyait à peine plus régulièrement son cousin Darko, de trois ans son cadet. Ensemble, ils allaient quelquefois au Macumba. Discothèque gigantesque de la région où plusieurs milliers de personnes se retrouvent chaque week-end. Toni Musulin avait un temps officié dans l'établissement aux « six salles six ambiances » comme agent de sécurité. Dans l'ordinateur du cousin, il y a toujours les dernières photos avec Toni. Le personnage central des clichés qui défilent sur l'écran de l'ordinateur, c'est la Ferrari de Toni. La séance est réalisée devant l'immeuble de Darko. Au premier plan, la Ferrari toute seule. Le moteur de la Ferrari. Les neveux jouant au volant de la Ferrari. Une copine devant la Ferrari. Quelques photos de Toni aussi. Sans la Ferrari. Il est dans l'appartement du cousin Darko. Toni porte une chemise trop repassée. Il pose devant l'objectif avec la raideur de celui qui s'est apprêté pour l'occasion. Les deux cousins partent au Macumba. Dans l'ordinateur du cousin, une photo prise un peu plus tard montre Toni posant sur un trône géant imprimé zèbre dans un des halls du Macumba. Il a conservé l'attitude amidonnée des précédents clichés. À peine assouplie par une esquisse de sourire. « On s'était bien marrés », précise Darko dans un sous-titrage improbable. Comme pour traduire ce que l'air maîtrisé de Toni sur les photos ne montre pas.

En prison, il a rejeté toutes les demandes de visite de sa famille. Il a aussi demandé à ce que personne n'assiste à ses procès. En mai 2010, en première instance, son cousin Darko viendra discrètement se fondre dans le public. En septembre, en appel, une dame âgée disant venir d'Italie, ne parlant que peu français, est venue encore plus discrètement. Il s'agissait de la grand-mère Miléva, accompagnée de la tante et de son ancien beau-frère. Comme la salle était petite, ils ont suivi l'audience en visioconférence dans une pièce voisine. La vieille dame est allée ensuite embrasser le convoyeur avant qu'il ne soit transféré à la maison d'arrêt. À la fin de l'audience, en arrière-plan de la nuée de caméras entourant les avocats, dépassait le visage de quelques proches de son ancienne compagne. Tous cherchaient à comprendre. Mais Toni Musulin dit que son histoire ne regarde personne. Surtout pas une famille qu'il ne voyait qu'en pointillé.

Aux experts psychiatres qui l'ont examiné durant l'instruction, il avait déclaré ne jamais avoir eu de vie de famille. Les Drs Daligand et Lavie concluront de leur entretien que Toni Musulin « s'est construit dans la solitude ». Entre un père et une mère vécus comme « rejetants ». Ils diront qu'il a eu du mal à construire son identité. À cause du changement de langue et de pays. « Il se situe dans le lieu de l'absence. Il se condamne pratiquement à ne pas être vu, pas entendu, pas sentimentalement repérable ni anecdotiquement perceptible. »

De l'histoire de Toni Musulin avant qu'il ne devienne convoyeur, il n'y a que des bribes. Morceaux choisis par lui, imposés par le dossier d'instruction, dont l'enchaînement est accidenté et souvent hasardeux. Il qualifie son début de parcours de « normal ». Il dit normal comme banal. Après un passage médiocre au collège, il a été orienté vers une filière pro d'électrotechnicien. Il ne se souvient plus vraiment pourquoi. Peut-être parce que son père était lui-même électricien. Il reconnaît que tout cela n'avait pas vraiment de sens. Toni Musulin entretient avec son père des rapports sans passion. Plus distendus que tendus. Le père n'est pas le modèle. L'électricité un domaine qui ne lui inspire rien. Un non-choix comme un autre. Ses copains d'enfance ont tous des parcours similaires. CAP, puis BEP dans un lycée professionnel de Chambéry. Il s'est arrêté avant le bac. Un bac pro dont il ne se souvient plus du nom de la série. À dix-neuf ans, il était au travail. Salarié chez d'autres. Il se souvient vaguement d'avoir enchaîné des chantiers sur des sites industriels. L'inintérêt semble avoir effacé peu à peu ses souvenirs de l'époque. Il répète : « Je faisais ce qu'on me demandait. » Il précise toutefois qu'il le faisait bien. Parce qu'il est ainsi. Et qu'il tient à ce que cela se sache. « Dans le travail en général, on ne peut rien me reprocher. » Il précise aussi que, à cette époque, il parvenait – déjà – à s'offrir tout ce qu'il voulait. Il parle juste de sa passion des belles voitures. Celles qui ont de gros moteurs. Il évoque ses acquisitions motorisées avec un mélange de fierté et d'embarras. « Les gens m'appelaient Monsieur. J'ai compris que l'argent changeait tout. » Il parle d'un sentiment de « honte ». Il change à cette période. D'abord le physique. Puis le reste, qui suit. Le Toni fluet de l'enfance devient une montagne de muscles. Il gonfle. Il prend de l'assurance à mesure qu'il s'épaissit.

À vingt et un ans, il est père de famille. Avec la femme d'Aix-les-Bains évoquée par son père. Elle est comme lui originaire d'ex-Yougoslavie. Elle tient un bar-restaurant vers la gare. Leur histoire n'a pas résisté à l'enfant. Toni Musulin a des doutes sur sa paternité. Il réclame des tests ADN qu'elle lui refuse. Le couple se sépare rapidement. Toni Musulin ne reverra pas la petite fille. Il apprendra des années plus tard que l'enfant n'était effectivement pas de lui. Entre-temps, son ancienne compagne s'est remise en couple avec un homme qui a adopté la fillette. Longtemps après cette rupture, il est arrivé à Toni Musulin de dire qu'il avait une fille. On retrouve sa mention sur son dossier de candidature chez Loomis en 2000. Il en avait aussi parlé à certains collègues. La petite fille est depuis devenue adolescente. En entendant le nom de Musulin après le casse, elle s'est souvenue que cela avait été le sien durant quelques années quand elle était petite. Elle a fait le rapprochement. Peu après la reddition du convoyeur, elle est venue expliquer à la police avoir été victime d'une tentative d'enlèvement à la sortie du lycée. L'enquête n'a rien donné. Les policiers ont dit qu'il fallait rester prudent. Que la jeune fille était fragile.

Il y a des trous dans le *curriculum vitæ* de Toni Musulin. Entre 1991, date à laquelle il quitte sa compagne à Aix-les-Bains, et 1999, date à laquelle il entre comme agent de sécurité à Lyon, le récit de son parcours se dilue dans un brouillard qu'il se garde de dissiper. Entre ces deux dates, il est passé au casino d'Aix-les-Bains. Il a fini à la sécurité du Macumba de Saint-Julien-en-Genevois. Musulin parle avec un dédain appuyé de cet univers nocturne et de ceux qu'il y croisait. Il n'aimait pas ce milieu. Pas assez bien. Pas assez réglo. Musulin n'aime ni l'alcool, ni la fumée de cigarette, ni d'ailleurs la musique. Il n'est pas resté longtemps au Macumba. Il dit aussi qu'il a fait d'« autres trucs ». À des collègues de Loomis, il expliquera un jour qu'il a été mercenaire en Serbie. Ils ne le croiront pas. Toni Musulin entretient encore l'idée par des allusions appuyées et répétées. Il dit maîtriser des techniques militaires, pratiquer des sports de combat de « forces spéciales ». Souvent, il répète que la prison ce n'est pas si grave, qu'il a connu bien pire. Il dit qu'il a « vu des choses » dans sa vie. Lorsqu'on lui demande s'il a fait son service militaire, il répond : « Pas en France en tout cas. » Il avoue aussi « quelques conneries ». En 1996, il avait été condamné à 5 000 francs d'amende pour détention de cannabis. C'est durant cette décennie que Toni Musulin redécouvre son pays d'origine. Le cousin explique que Toni était très attaché à cette terre. Il lui disait qu'il aimerait un jour s'y installer, monter là-bas une affaire. Pendant longtemps, ils ont fait ensemble des allées et venues en Serbie. Musulin redécouvre son pays d'origine sur les cendres encore brûlantes de la guerre. Un pays incompréhensible où tout lui semble envisageable. Le cousin parle de commerces et d'affaires. Il est question d'import-export de détail, qui ressemble fortement à du marché noir. De vieilles voitures revendues là-bas. De faux jeans de marque rapportés ici. Il dit que Toni Musulin a un talent pour les affaires. Et pas mal de courage. « Il n'aime pas l'argent, il aime gagner. »

À la fin des années quatre-vingt-dix, Toni Musulin n'est plus l'électricien qu'il n'a jamais vraiment voulu être. Il est devenu un professionnel de la sécurité. « Je connaissais les armes et les techniques, c'était facile pour moi. » Lorsqu'il vient s'installer à Lyon à la fin des années quatre-vingt-dix, il est agent de sécurité dans le quartier des boutiques de luxe du centre. Petit carré d'or rassemblant bijouteries et magasins de vêtements de grandes marques, où il est toujours de bon ton d'avoir un type en muscles et en uniforme à sa porte. Durant l'année 1999, il enchaîne les postes de « garde » chez Cartier, Maier et Vuitton, trois enseignes de la rue Édouard-Herriot. Il dit qu'il ne conserve pas vraiment de souvenirs de cette époque. Les enquêteurs en retrouveront cependant un sur lui le jour de sa reddition : la clé du coffre-fort de la très cossue bijouterie Maier, mêlée aux autres clés de son trousseau. Dix ans avant de partir au volant d'un fourgon blindé, Toni Musulin avait visiblement des dispositions pour passer entre les mailles des systèmes dits sécurisés. Lorsqu'il travaille pour cette grosse bijouterie lyonnaise, il n'est que simple vigile, employé par l'agence Securitas. Par un collègue, il entend parler d'un recrutement dans le transport de fonds chez Transval. Il a trente ans et veut « se mettre dans les rails ». Après les jetons, les bijoux et les sacs Vuitton, il passe aux paquets de billets. Il dit que l'argent est un hasard.

4

Le convoyeur

Toni Musulin n'aimait pas son métier. Il en avait même un peu honte. Il dit ne pas connaître la fierté du convoyeur. Une fierté virile, qui a quelque chose à voir avec un sentiment de surpuissance. Une fierté gonflée à l'arme lourde et aux billets que l'on manipule. Il faut écouter les convoyeurs raconter leur métier pour comprendre. Les entendre parler de leur fourgon comme des soldats de leur char. Raconter, lorsqu'ils sont à bord, cachés derrière les vitres teintées de leurs doubles pare-brise qui ressemblent à des yeux de mouche, comment ils regardent le monde les regarder. Depuis leurs coffres-forts roulants, ils observent les passants tentant d'imaginer les promesses d'indécentes fortunes qu'ils portent en leurs ventres blindés. Absorbent au passage ce qu'il y a de glorieux à prendre dans ces regards. Ces instants, mille fois répétés et pourtant toujours suspendus, où le fourgon s'arrête au milieu de la ville. Ces instants où chaque geste fait l'objet d'une consigne de sécurité précise. Le convoyeur-chauffeur est au volant. Moteur tournant. Le convoyeur-garde descend, arme au poing. Il vérifie que les lieux sont sûrs. Il se tient prêt à intervenir. Alors, seulement, le troisième convoyeur, le convoyeur-messager, descend. C'est lui qui est chargé de transporter les fonds du trapon au camion, ou du camion au trapon. Ils parlent de la peur maîtrisée. Du prestige de l'uniforme. De celui encore plus fort de l'arme. Ils parlent de l'argent. Ou plutôt de ce que l'argent suscite chez l'autre. Celui qui n'est pas convoyeur. Celui qui ne connaît pas l'indifférence qui peut s'installer à manipuler trop de billets depuis trop longtemps. Les convoyeurs ne comptent pas l'argent en euros, ils comptent en billets, en paquets de 1 000 unités, en poids et en volume. Comme pour n'importe quelle autre marchandise. Musulin prétend que ce pourrait être des « patates », « ce serait pareil ». Mais il sait bien que non. Tous savent qu'un convoi de fonds n'est pas un convoi comme un autre. Et que convoyeur demeure un métier un peu à part dans la nébuleuse glauque des métiers de la sécurité.

Ils font partie d'une élite dans le secteur. Une sorte d'aristocratie. Dont le signe extérieur d'appartenance se résume au droit de porter une arme.

Port d'arme, et non pas détention d'arme. Joël Chapuy, responsable à la CFDT des convoyeurs, précise l'importance de la nuance : « La détention, c'est assez courant, cela veut juste dire qu'on a le droit d'avoir une arme chez soi. On peut aller au stand de tir avec. L'arme doit toujours être transportée déchargée, pas en situation d'être utilisée, dans un coffre de voiture, par exemple, mais jamais à portée de main. Nous, nous avons un permis de port d'arme. Pour l'obtenir, il y a une enquête de préfecture auprès de la famille, des voisins. Il faut aussi un casier judiciaire vierge. Avec un permis de port d'arme, on peut se promener avec une arme chargée sur soi. » Il précise tout de même : « Dans l'exercice de nos fonctions. » Toni Musulin ne dit pas grand-chose de positif sur son métier. Il fait une exception en ce qui concerne cette arme. Parfois, concède-t-il depuis sa prison, il avoue que son arme lui manque. « Au bout de quelques années, on l'oublie, elle fait partie de nous. C'est bizarre d'imaginer qu'on ne la portera plus jamais. » Il a toujours aimé les armes. Il a eu un permis personnel et déclaré la possession d'un automatique. Il était un temps inscrit dans un club de tir. Dans son appartement, les policiers ont retrouvé des quantités invraisemblables de cartouches. Il dit que la plupart des convoyeurs sont amateurs d'armes.

Le convoyeur, qui porte aussi uniforme, revendique une proximité plus étroite avec le gendarme qu'avec le vigile. Manière de bien marquer la spécificité du métier. Cette proximité est aussi un héritage de l'histoire du métier. Longtemps exercé par d'anciens gendarmes, cherchant un complément de revenus et d'activité à leurs précoces retraites. Kader Benguèche, le responsable CGT chez Loomis, appartient à cette catégorie de convoyeurs qui n'existe plus vraiment. C'était il y a près de vingt ans. Il évoque une culture d'entreprise qui se confondait alors avec celle du service public. Il en parle avec la nostalgie du travail bien fait. « On n'était pas là pour gagner de l'argent, on était là pour rendre un service d'utilité publique. Les salaires étaient déjà bas, mais on avait notre retraite de militaire, alors ça n'avait pas beaucoup d'importance. » Les gendarmes ont importé dans le transport de fonds la culture et les techniques de la sécurité publique. Du sang-froid et de la tenue. C'était il y a longtemps. Le paysage du transport de fonds s'est radicalement modifié depuis. La multiplication des braquages à l'arme lourde à partir de la fin des années quatre-vingt-dix a laissé des morts et contraint la profession à renforcer les mesures de sécurité. La loi a encadré cette évolution en obligeant les entreprises à protéger davantage leurs convoyeurs et investir dans du matériel rendant logiquement impossible le vol des fonds. Mais, dans le même temps, le transport de fonds est aussi passé à la moulinette d'une libéralisation forcenée. Il se résume aujourd'hui à une concurrence entre quelques grands groupes adossés aux marchés de la sécurité. Loomis, leader européen du secteur, filiale du groupe suédois Securitas se partage 90 % du marché français avec la Brink's, groupe américain inventeur du concept du convoyage de fonds au XIXe siècle. Loomis est depuis fin 2008 une société cotée en bourse. Les cadres dirigeants sont issus de la grande distribution. « La rentabilité est devenue le souci premier. Devant la sécurité », résume Kader Benguèche. L'ancien gendarme regrette le temps béni où le convoyage de fonds sentait encore le képi et moins le profit. « Il faut être moins cher que le concurrent. On commence à remettre en jeu la nature même de notre métier, on déroge à la règle. On oublie nos valeurs. On tire toujours plus vers le bas. Le métier perd de sa spécificité. Il est devenu presque un métier lambda. » Les entreprises, désormais, n'embauchent plus guère de militaires. Et, bien qu'ils s'en défendent, le profil des convoyeurs semble inexorablement se rapprocher de celui des agents de sécurité et de transport. Alors même que leurs fourgons et valises se sophistiquent, le métier, lui, se prolétarise. L'apprentissage de la caisse et des règles de sécurité se limite au strict minimum des formations obligatoires. Les salaires sont bas. 1 400 euros nets à l'embauche. Prime comprise. Même avec de l'ancienneté, ils ne dépassent jamais

2 000 euros. Les convoyeurs se disputent les heures supplémentaires. Une réalité sociale qui fragilise la sécurité.

Dix ans plus tôt, lorsqu'il s'est engagé comme convoyeur de fonds, Toni Musulin n'avait pas vu planer cette ombre. Il a signé son contrat le 29 décembre 2000. Six mois après que sa candidature a été retenue. Délai nécessaire pour obtenir son port d'arme et son agrément. Entre-temps, les convoyeurs français, après un mouvement de grève particulièrement dur, avaient obtenu une prime de risque mensuelle de 235 euros. Les 1 200 euros de base sont devenus 1 400 euros. Les premières années, il n'avait pas de tournée fixe et s'arrangeait pour obtenir un maximum d'heures supplémentaires. Il pouvait atteindre cinquante heures par semaine. De quoi donner un peu de rondeur au salaire plancher. Loomis s'appelait alors Transval. C'était avant les rachats-absorptions successifs qui ponctueront la décennie suivante (Transval deviendra Valiance avant d'être rachetée par le suédois Securitas-Loomis). Mais Transval était déjà une grosse entreprise. De celles dont on pense la solidité assurée. Toni Musulin aurait un métier stable, une profession valorisante. Il était bosseur. Il grimperait les échelons. Il allait avoir trente ans. Il voulait faire quelque chose de sa vie. Il aimait l'ordre. Il aimait l'argent sans ressentir le besoin de le dépenser. Il aimait l'autorité et le sentiment de puissance qui va avec. Il aimait l'idée du risque. Il ne détestait pas les armes. Ni les atmosphères chargées en testostérone. La profession lui semblait carrée. C'est-à-dire de la même forme que lui. Il y retrouverait ce qu'il aimait dans le métier d'agent de sécurité. Mais pas ce qu'il détestait. Le strict encadrement réglementaire de la profession empêchait toute dérive. Pensait-il. Il voulait se mettre « sur des rails », « avoir une vie réglée ». Il parle de ce contrat de travail comme d'une camisole. Il dit qu'il aurait pu ne pas travailler mais qu'il en avait besoin « pour sentir les gens ». Alors il a signé. Il s'est engagé comme on s'engage dans l'armée. Et c'était peut-être son premier véritable choix.

Les premiers temps, il apprend le métier. Il est plutôt bon élève. En attestent les appréciations qui lui sont attribuées lors des formations internes. Même s'il adopte parfois un comportement curieux pour ses employeurs. Comme refuser de signer le moindre document administratif. Il avait aussi refusé de remplir les documents où l'on note qui prévenir en cas d'urgence. Et prétendu ne pas avoir de numéro de téléphone. Le DRH de Loomis expliquera plus tard au juge avoir observé qu'il était un peu à l'écart des autres convoyeurs. Toni Musulin aussi observe. Les règles et les usages. Il constate que les deux ne sont pas toujours compatibles. Il est surpris. « Je pensais que c'était réglo, comme à l'armée et c'était pas le cas. » Il ne l'avoue qu'à demi-mot, mais il apparaît que cet uniforme ne lui a pas toujours déplu. Le monde des convoyeurs se joue dans un huis clos abrité de tout qui lui était finalement assez confortable. Pour des questions de sécurité, les convoyeurs ne dévoilent jamais leur profession. Seules leurs familles et leurs très proches savent ce qu'ils font. En dehors de ces premiers cercles, il est d'usage de dire que l'on est dans la sécurité, sans autre précision. Les convoyeurs ne sont donc convoyeurs que lorsqu'ils sont au travail, ou dans l'intimité familiale. Une bulle spatio-temporelle totalement coupée du monde extérieur, où chacun peut réinventer son personnage. Où chacun, en conséquence, vient à douter de l'autre. Alors, dès le départ, Toni Musulin prend garde de soigner autant l'épaisseur de son physique que sa réputation. Il parle peu. Mais distille suffisamment d'informations pour se faire craindre. Personne, chez Loomis, n'ignore qu'il pratique intensément le krav maga. Mais personne ne sait vraiment ce que c'est. On parle d'une technique de combat du Mossad, permettant, entre autres options, de tuer quelqu'un à l'aide de deux doigts. L'exemple de l'homicide à deux doigts est systématiquement cité par ses collègues. Qui semblent avoir accordé une crédibilité de précaution à ce potentiel danger. D'autant que Musulin est aussi réputé irascible et susceptible. Radin, aussi. Ses collègues le surnomment « la pince » dans son dos. Lorsqu'ils sont hors de portée des deux doigts qui tuent. Parce qu'il ne paie jamais son café. Ne fait aucun effort vestimentaire. Et vient avec un vieux vélo au travail. Toni Musulin confirme. En dix ans, il a bu chaque jour un café, sans jamais le payer. « Ça les faisait enrager. Ça m'amusait. » Musulin agace. Il se vante trop selon ses collègues. Lors d'une pause déjeuner, il avait dit qu'il possédait une SCI. L'aveu avait paru suspect. Musulin ne serait pas que convoyeur. Il gérerait des sociétés. Enfin, au moins une. Enfin, à ce qu'il dit. Il se vante d'avoir des cartes de crédit Gold. Il a bien raconté à quelqu'un qu'il avait une Ferrari. Et à d'autres qu'il avait servi en ex-Yougoslavie. Chez Loomis, plusieurs de ses collègues le surnommaient aussi « le mytho ». Dans leurs premières dépositions à la police juste après le casse, les deux collègues avec qui il était le jour des faits ne trouveront d'ailleurs que cela à dire de lui. Qu'il était avare et mythomane.

Pascal Brun est un des convoyeurs qui le connaît le mieux. Il est à peine plus ancien que Musulin chez Loomis. Il est timide et plutôt taciturne. N'aime pas trop parler de lui. Ne pose pas de questions aux autres. Il s'entendait donc assez naturellement avec Toni Musulin. Longtemps, les collègues les ont surnommés « le couple ». Depuis 2005, le couple passait ensemble 35 heures par semaine dans le même camion. Ils faisaient la fameuse tournée « Banque de France ». En quatre ans de fourgon commun, les deux hommes ne sont pas vraiment devenus ce qu'on appellerait communément des amis. Mais ils s'appréciaient. Et parlaient. Dans la cabine à l'avant du fourgon, Pascal racontait sa passion pour la chasse. Toni la sienne pour la musculation, et le krav maga. « Son sport israélien. » Ils causaient de tout et de rien, ce qui, pour Musulin, est déjà beaucoup. Ils commentaient le zapping radiophonique musical qui constituait le fond sonore de ces journées dans la cabine du fourgon. Musulin parlait aussi à Brun de ses affaires immobilières. Une fois, il avait même tenté de convaincre son collègue de s'associer avec lui. Pascal avait hésité. Et puis avait refusé. Pas son truc l'immobilier. Quelque fois, Toni a invité Pascal à son restaurant, ou plus précisément à celui d'Hélène, sa compagne. « Invité », insiste Pascal Brun. Comme pour faire mentir la réputation d'avarice de Toni Musulin. « Même s'il était économe, je ne crois pas qu'il était radin. Je crois juste qu'il n'avait pas envie de payer des trucs aux autres. C'est pour ça qu'ils l'appelaient la pince. » Pascal Brun est bien placé pour dire tout cela. Quand il en avait besoin, Toni Musulin lui prêtait de l'argent. Il pense que les autres les jalousaient. Il raconte que, au boulot, personne n'aimait vraiment Toni Musulin. Sentiment réciproque.

Toni Musulin n'évoque la particularité de sa profession que pour en pulvériser tous les fantasmes. Le mythe du convoyeur n'est pour lui qu'une illusion, un refuge pour oublier la réalité sociale du métier. Un refuge où l'on se raconte des histoires d'hommes. Où l'on joue avec le feu et l'argent pour provoquer la banalité du quotidien. Il dépeint un univers clos, machiste et brutal. Un univers en négatif de l'image aseptisée et sécuritaire du transport de fonds. Il est dans la colère et insiste pour montrer l'« autre face », l'envers du décor. Il décrit dans le détail ces « camions-poubelles » qui n'avaient « rien de blindé ». De fait, un fourgon n'est blindé que lorsqu'il est « zoné », c'est-à-dire fermé par une clé spécifique qui empêche toute ouverture de porte sans l'action simultanée du chauffeur à l'avant et du messager à l'arrière. Sans ce zonage, le fourgon redevient un camion ordinaire. L'opération de zonage se fait quand le fourgon quitte le centre-fort de Loomis. Lorsque le fourgon est mis en sécurité, les clés sont laissées au dépôt. Il est strictement interdit aux convoyeurs de les conserver sur eux durant le transport. « Chez Loomis, ils préféraient nous laisser les clés. Parce qu'on allait plus vite sans toutes ces opérations. Et en cas de panne, c'était plus simple. » Les collègues de Musulin confirment la pratique des clés régulièrement laissées dans le fourgon. Ils le confirmeront de nouveau au procès. Certains s'en étaient même déjà plaints à leur hiérarchie. Estimant que leur entreprise les mettait ainsi en position de cibles vivantes pour braqueurs. Toni

Musulin explique que tout le monde s'en accommodait. Supérieurs et convoyeurs.

Lorsqu'il raconte sa vie dans le fourgon avec ses collègues, il parle aussi des crochets réguliers par le tout proche quartier de la prostitution lyonnaise de Gerland. Le camion qui ralentit, vitres baissées. « On matait. » Les filles qui provoquent. Celles qui « montrent leur cul ». Et celles aussi, qui, parfois, montent dans le fourgon. Les affaires se mènent à l'arrière. À l'endroit des sacs de billets. Il rapporte les courses de vitesse entre camions. Il en parle comme un gamin de ses quatre cents coups. Donne le détail de ses records personnels comme autant de trophées : 150 km/h en pointe. Il précise que c'était en descente et camion plein. Et qu'il gagnait souvent. Il avait trouvé « le truc » : il désamorçait le système qui bride la vitesse. Il a toujours été doué pour trafiquer les systèmes électroniques des fourgons. Réminiscences de son passé d'électricien. Plus tard, il s'en resservira. Il raconte aussi les arrêts pique-nique. En plein champ ou sur des aires d'autoroute, les convoyeurs s'octroient une pause parfaitement interdite. Et, parce que tout l'intérêt réside dans cette transgression, ils ouvrent grand les portes et se prennent en photo comme des touristes assis devant leur camping-car, sandwich et gros rouge en main. Ils ouvrent les portes par provocation. Davantage pour défier les règles que leur impose une entreprise qu'ils n'aiment pas, que pour flirter réellement avec le danger. Ses collègues disent qu'il exagère. Qu'eux n'ont jamais fait de telles choses. Ils aiment aussi jouer aux cow-boys. Ils en ont les armes. Cela suffit à créer quelques vocations. L'organisation particulière de ce travail, ponctuée de longues heures d'attentes entre deux tournées, leur offre des espaces-temps adaptés au western. Alors, dans les locaux de Loomis, ils jouent aux cartes. Lui, n'aime pas particulièrement le jeu. Mais il ne résiste pas à l'atmosphère. Musulin raconte la table, les joueurs autour en uniforme et les « flingues » posés au milieu du jeu. Avec la fausse négligence d'une mise en scène de fiction. Rien n'en était dit. Mais tous s'amusaient de ce saloon imaginaire. Peut-être plus sûrement que de la partie de cartes en elle-même. Il fallait même en rajouter. Tricher à outrance. Pas pour gagner, juste pour exciter le groupe. Provoquer l'autre. Chatouiller le point de rupture entre tension et bagarre. Toni Musulin raconte que, parfois, les chaises volaient. Il se souvient que l'une d'elles a même fini plantée dans le faux plafond de la salle de repos. Parce qu'ils savent que, lorsque de véritables armes à feu sont posées sur les tables, le jeu peut potentiellement cesser d'en être un. C'est là tout l'intérêt. Le reste n'est qu'ennui. Toni Musulin dit avec un faux détachement : « Il fallait bien meubler. » Il raconte ces anecdotes avec plus de cynisme que de réel amusement.

Car, dans son récit, entre deux potacheries, il y a aussi des histoires sombres. Il y a l'histoire du collègue qui s'est tiré une balle dans la tête. C'était il y a quelques années. Il était convoyeur, comme lui. Il avait lui aussi accumulé de petites et grosses frustrations contre son employeur. Il avait d'ailleurs établi une liste de tous ceux qu'il voulait descendre. Elle était titrée « Les responsables de mon malheur » et désignait entre autres ses supérieurs hiérarchiques. Il en avait parlé aux collègues. Un matin, avant de prendre son service, il est allé aux toilettes de la Loomis et s'est collé son arme de service sur le crâne. Il s'en est tiré. Vivant sans vraiment l'être. « Légume », résume Toni Musulin. Il se souvient qu'il l'avait croisé ce jour-là avant de partir en tournée. Ils avaient échangé deux mots. Quelques heures plus tard, depuis le camion, il a entendu à la radio interne l'annonce de la tentative de suicide. Tous les convoyeurs ont cessé le travail. Ils sont rentrés au siège. Toni Musulin raconte les traces du sang mal lavé devant les toilettes. Il voit encore le ceinturon de son collègue posé à terre. Toni Musulin se réfère souvent à ce matin triste pour dire sa colère. Lors de son premier procès, en mai 2010, il avait tenté d'en parler. « Vous savez, chez nous, y a un collègue qui s'est suicidé à cause des conditions de travail. » Personne n'a semblé écouter ce qu'il disait. Le président a poursuivi l'interrogatoire sur un autre sujet. Dans son box, Toni Musulin a baissé la tête. Il n'a pas répondu aux questions pendant un moment. Son silence est passé inaperçu.

Dans son costume de convoyeur, Toni Musulin, ne s'est jamais senti ni cow-boy, ni gendarme. Il était simplement employé. Son vécu professionnel relève essentiellement du droit commun du travail. Il parle de machine à café, d'heures supplémentaires, de collègues et de chefs mal lunés. Il n'a jamais été syndiqué. Il se méfie du collectif et des organisations politiques. Il ne se reconnaît pas d'appartenance. Il hait les « classes sociales ». Mais il se situe. En l'occurrence comme salarié d'une entreprise. Salarié travailleur, réglo et compétent. Ce sont les qualificatifs qu'il s'attribue lui-même. Et que ses états de service viennent confirmer. Jamais absent, jamais malade, toujours à l'heure. Il connaît parfaitement son matériel, maîtrise les règles de sécurité, ce qui n'est pas le cas de tous ses collègues. Sa dernière évaluation date de 2005. Sont soulignées ses qualités au tir et sa forte capacité d'attention. Un bémol sur son esprit d'équipe et son sens du contact où il obtient un « moyen moins ». Toni Musulin appartient chez Loomis à la catégorie des employés un peu particuliers mais sans histoires. Pourtant, Toni Musulin se situe aussi, et de plus en plus les années passant, comme salarié mal traité. Déconsidéré, méprisé, mal payé. Pas à la hauteur, en tout cas, des efforts qu'il estime fournir pour son entreprise. Il est dans le rapport de force. Face à lui, il y a des supérieurs hiérarchiques directs, avec qui il entretient de tenaces et personnelles relations conflictuelles. Dans son viseur, on retrouve deux personnages récurrents : son directeur d'agence et le responsable transport de Lyon. Plus loin, mais toujours contre lui, il y a les dirigeants de Loomis. Leur rôle est plus flou. Ils sont pour lui ceux qui ferment les yeux, voire encouragent les pratiques autocratiques des plus petits chefs. Ils sont aussi ceux qui pressent sans cesse davantage les salariés pour augmenter la rentabilité du groupe. Ils sont le patronat. Entité vague, contre laquelle Musulin a longtemps pensé qu'il était impuissant. Lorsqu'il évoque son travail, l'ancien convoyeur n'est que dans la contestation. Il énumère les droits et les devoirs de chacun. Comptabilise et consigne ceux qui ne sont pas respectés.

Pour lui, l'injustice a commencé fin 2005. Lorsqu'on lui a « collé » la tournée Banque de France. Celle, explique-t-il, que personne ne voulait faire. Parce qu'elle finissait tard. Même si ce n'est plus le cas depuis quelques années, pendant longtemps, les convoyeurs affectés à cette tournée ne rapportaient pas leur fourgon avant 19 heures, voire 20 heures. Les horaires faisaient fuir les pères de famille. La paie aussi. Car la tournée Banque de France est une des rares où les convoyeurs ne peuvent quasiment pas obtenir d'heures supplémentaires. Deux heures hebdomadaires tout au plus. Quand ils parviennent à en décrocher une douzaine sur d'autres affectations. Chez les convoyeurs, les salaires sont trop bas pour que cette question des heures supplémentaires soit anecdotique. Pour Musulin, la tournée Banque de France est aussi terriblement routinière. Centre fort-Banque de France. Banque de France-Centre fort. Douze kilomètres, trois fois par jour. Parcours de poche dans le 7e arrondissement de Lyon, parfois étiré d'un petit arrêt, comme le jour du casse, au centre Transval. Une filiale de Loomis, spécialisée dans le transport de fonds en petites quantités. Le crochet est de quelques centaines de mètres. Parfois, comme il est préconisé dans les fiches de sécurité, les convoyeurs changeaient d'itinéraire. Mais les distances sont si courtes sur ce trajet que la gamme des possibles est relativement limitée. Mis à part à l'arrêt Transval, les convoyeurs de la tournée Banque de France n'ont jamais à sortir sur la voie publique. À la Banque de France, comme au centre fort Loomis, ils rentrent les camions à l'intérieur des enceintes, dans un espace clos et protégé. Ils n'ont donc pas ce petit frisson de la descente en arme du fourgon dans la rue. Ce moment suspendu qui fait l'essence du métier. Sur cette tournée, la fonction de garde ne sert pas à grand-chose. Il n'y a pas de lieux à sécuriser. Pas de contact avec l'extérieur. Pas d'exposition. Pas vraiment de risques. Toni Musulin s'ennuie depuis qu'on lui a imposé la Banque de France. Il parle d'une sanction qui ne disait pas son nom. Le 18 octobre 2005, Toni Musulin avait cassé la vitre de support du dit planning et copieusement insulté son responsable transport. « Il me cherchait », résume-t-il. Une affaire de congé refusé. Pas n'importe lequel. Toni Musulin voulait aller à l'enterrement d'un ami. Il n'a pas obtenu sa journée. « C'était tout le temps comme ça », résume-t-il. Toni Musulin, officiellement célibataire et sans enfants, n'était pas prioritaire pour les dates de congés payés. Il n'avait jamais droit ni au mois d'août, ni à Noël. « J'ai cassé la vitre du planning de l'entrée où mon nom figurait partout et sur lequel il ne m'était jamais rien accordé. » Quinze jours plus tard, il était convoqué à un entretien préalable à sanction disciplinaire « pouvant aller jusqu'au licenciement ». Toni Musulin n'est pas allé chercher le recommandé à la poste. Il a refusé de prendre l'exemplaire que voulait lui remettre en main propre son responsable transport. Puis de se présenter à l'entretien. Il a continué à aller chaque jour au travail comme si rien ne s'était passé. Quelques jours plus tard, la direction de Loomis lui signifiait par courrier sa mise à pied. Dans ce dernier courrier, Philippe Cuvier, le directeur de l'agence

Loomis de Lyon a écrit : « Pour l'avenir, nous comptons en toutes circonstances sur une parfaite maîtrise et un contrôle de soi "retrouvés" et que vos réactions soient en proportion des faits ou propos qui vous animent. »

5

La rupture

L'idée. Peut-être deux ans avant le casse, un matin, alors qu'il pose son vélo dans le garage chez Loomis, les yeux de Toni Musulin s'arrêtent sur un article de journal punaisé sur un tableau d'affichage. L'article raconte l'histoire d'un convoyeur de la Brink's qui s'est enfui avec son fourgon. Deux éléments l'interpellent. La simplicité du geste. Et le montant du larcin : moins de 200 000 euros. Ridicule. Toni Musulin se souvient très bien de ce matin-là. La lecture de l'article le laissera longtemps songeur. Il se dit qu'il serait capable de faire mieux. Beaucoup mieux. Il ne se dit rien d'autre. Il n'a pas encore le projet de passer à l'acte. Il s'était promis de n'être qu'un convoyeur sans histoires. Un travailleur. Mais il n'oubliera pas ce fait divers punaisé sur un tableau d'affichage.

Novembre 2008, un an avant le casse. Toni Musulin part en week-end en Haute-Savoie chez son cousin Darko. Darko ne reverra plus son cousin après ces quelques jours passés ensemble. Ce week-end de novembre à Cran-Gevrier est le dernier avant que Toni Musulin ne se coupe de ses proches. Les deux cousins avaient prévu de se faire une soirée en boîte. Toni irait aussi voir la famille. Au moins sa grand-mère Miléva. Ce week-end de novembre 2008, Darko s'en souvient bien. Pas parce que c'est la dernière fois. Et que les souvenirs se sont arrêtés sur ces quelques jours. Pas seulement, en tout cas. Darko maintient avoir senti qu'il se passait « quelque chose » chez Toni. Il perçoit une forme de détermination. Lors de ces quelques jours, Toni, geste assez rare, se confie à Darko. Il lui explique qu'il va quitter Hélène. « Il parlait de cela gravement, mais comme quelque chose qu'il planifiait. Toni déteste l'imprévu. Il aime maîtriser sa vie. D'ailleurs, précise Darko, il avait déterminé une date, en janvier. Pour pouvoir quand même passer les fêtes ensemble. » Toni lui explique qu'il a envie de faire un « gros coup ». Il ne fait pas explicitement mention à son travail de convoyeur. Il en parlait rarement. Même avec son cousin. Mais l'ombre des sacs de billets de la Loomis rode. « Évidemment qu'on pense à ça, parce que tout le monde pense à ça », dit Darko. D'autant que Musulin patauge dans l'amertume vis-à-vis de son employeur.

Colère sourde qui s'entend dans le ton qu'il emploie pour évoquer ses responsables. Ce « ils » sans noms qui marque une autorité contestée et injuste. Ces remarques. « Je bosse pour rien. » « J'en ai marre. » C'était quelqu'un « en état de rébellion », résume le cousin.

Il donne le sentiment de nettoyer froidement sa vie. Préparer ce gros coup, ou peut-être autre chose. Il annonce aussi à Darko qu'il va « se débarrasser » de la Ferrari. Peut-être a-t-il dit « la bazarder ». Darko ne se souvient plus. Toni en avait marre du regard des autres sur cette voiture rouge. Il avait « changé ». Après le week-end Ferrari-Macumba de novembre 2008, il n'aura plus de nouvelles de lui. À part quelques coups de fil, réduits à de brefs monologues par messageries interposées. Sans qu'aucun des deux jamais ne rappelle l'autre. Et puis, au printemps, Toni téléphone à son cousin pour lui annoncer qu'il viendrait bien passer un week-end chez lui. Ils iraient au Macumba. Comme d'habitude. Toni doit arriver le vendredi 8 mai au soir. Il ne vient pas. Darko ne s'en inquiète pas. « Il est comme ça. Il peut dire j'arrive dans une heure. Et ne pas donner de nouvelles pendant des mois. » Trois jours plus tard, Toni appelle et lui explique qu'il s'est fait braquer la Ferrari sur l'autoroute en venant. Darko y croit moyennement. Toni maintient. Darko n'insiste pas. Il n'a plus eu de nouvelles de lui ensuite. Jusqu'au casse du 5 novembre.

Lorsqu'il est entendu par la police judiciaire, Darko se dispense de préciser qu'il a tenté à plusieurs reprises de joindre son cousin. Ce qui appuiera plus tard la suspicion des enquêteurs à son égard. Sur le relevé des appels, ils ont pu déterminer que Darko avait tenté à plusieurs reprises de joindre Toni quelques jours avant le casse. Les numéros provenaient de Suisse. Darko, gardien de nuit pour des banques de Genève, passait ses coups de fil depuis les établissements où ils faisaient ses tournées. Il explique aux policiers avoir voulu prendre des nouvelles. En réalité, Darko est inquiet. Depuis la fin de l'été, Toni est systématiquement sur boîte vocale. « Il y avait quelque chose d'anormal. » Darko repense alors à cette histoire de « gros coup ».

Mais surtout, il y a le témoignage d'Hélène Ferreira avec qui Toni Musulin a vécu onze ans. Ils s'étaient rencontrés à l'époque où Toni avait décidé d'avoir une vie rangée. Lorsqu'il était devenu convoyeur. Elle était bosseuse, comme lui. Elle aimait la muscu, comme lui. Elle gérait le bar-restaurant, cours Tolstoï, à Villeurbanne. Il faisait le convoyeur à Lyon. Et quelques extras en intérim le soir et pendant ses congés. La vie était organisée. Jusqu'en 2008. À l'automne, elle a mis en vente le restaurant. Elle a pris la gestion du Cercle, un restaurant d'entreprise à quelques rues de là. Le couple quitte l'appartement « de fonction » situé au-dessus du Tolstoï. Ils s'installent en novembre deux cents mètres plus bas. Dans un petit immeuble, à la limite du vétuste, de la rue du 4-Août, adjacente au cours Tolstoï. L'appartement sera meublé sommairement. Hélène n'y vivra que très peu. Ils ont rompu ce même automne 2008. Devant les policiers, lorsqu'elle sera interrogée quelques heures après le casse, elle endossera la décision de la rupture. Tout en la présentant comme un non-choix. « Je n'en pouvais plus. » Cet automne-là, explique-t-elle aux policiers, Toni a changé. « Brusquement », précise-t-elle. Il a changé de caractère. Elle parle d'une forme d'agressivité à son égard sans raison apparente. Elle précise aux policiers que jamais il ne l'avait frappé. Mais qu'en revanche, il était devenu menaçant et insultant à son encontre. Quelques mois après leur rupture, Hélène l'a croisé quelque fois dans leur quartier de Villeurbanne. Elle a essayé de lui parler. Il a refusé. S'est montré à nouveau agressif. Il avait aussi changé physiquement. Il paraissait amaigri. Musulin dit qu'il a eu à cette époque des problèmes de santé. Il avait perdu du poids. Souffrait de problèmes musculaires. Il en avait parlé dans le fourgon à son collègue Brun. Il était même inquiet. Déjà à l'automne. Sa compagne l'a vu se crisper. Devenir quelqu'un de très « énervé ». « Ce n'était plus le Toni que j'avais connu. » Hélène n'a jamais compris ce changement. Longtemps après. Après le casse, après le procès, après la rancœur, elle est demeurée dans cette incompréhension. C'est peut-être aussi cela qu'il lui fera dire, passé le choc, que Toni est « quelqu'un de bien ». Et qu'il y a « forcément une explication ».

Au travail, personne ne sait qu'il vient de quitter sa femme. Ce qui n'a là rien de très surprenant puisque personne, ou presque, ne savait qu'il en avait une. Au début de l'année 2009, il cesse aussi de payer les traites de son crédit pour sa SCI. Il avait 1 500 euros de remboursements mensuels partagés avec son associé, Abel Ferreira. Les deux hommes possédaient ensemble un petit immeuble à Romans, dans la Drôme, à une heure de Lyon. Toni Musulin avait rencontré Abel Ferreira quelques années plus tôt au restaurant d'une de ses belles-sœurs. Ils avaient sympathisé. Abel Ferreira vivait de petits investissements immobiliers dans la région. Il en vivait très bien. Un jour, Musulin lui avait demandé s'il pourrait monter une affaire avec lui. Ils avaient acheté l'immeuble de Romans en 2007 pour 210 000 euros partagés à parts égales dans la SCI Jacquemard, du nom de la rue de l'immeuble à Romans. Au départ, Toni Musulin s'était intéressé de près à cette affaire. Il s'occupait des papiers, gérait les prêts avec la banque. Jusqu'au début 2009. Abel Ferreira racontera aux policiers que, en janvier, Toni Musulin l'a prévenu qu'il ne voulait plus s'occuper de la SCI. Il lui a rendu les clés et les documents relatifs à la société. Deux mois plus tard,

Musulin lui explique qu'il a des soucis financiers momentanés – une saisie des impôts – et qu'il ne peut pas payer sa traite mensuelle. Abel Ferreira avance le remboursement. Toni Musulin n'a jamais repris les versements. Son associé dit l'avoir relancé plusieurs fois. Sans succès. « Il était tout le temps sur messagerie. » Abel Ferreira engage alors une procédure pour pouvoir récupérer les parts de la SCI. Il n'aura plus de nouvelles de Toni Musulin jusqu'au 5 novembre, par les journaux. Toni Musulin expliquera au juge qu'il ne voulait tout simplement plus s'occuper des papiers. « Ce n'était pas fait pour moi cette paperasse, je préférais que ce soit lui qui s'en occupe. » Il en parle comme d'un jouet dont il s'est lassé et dont il ne veut plus. Il répète qu'il se sentait un peu paumé à cette période. Dans le même temps, le montant de ses comptes en banque a fait un bond subit : près de 90 000 euros tombent dans la colonne opérations créditrices. Toni Musulin n'est pas devenu riche, il s'est endetté. En trois mois, il contracte pour 86 560 euros de prêts dans différentes banques. Il commence le lundi 4 janvier : 21 500 euros à la BNP, officiellement destinés à l'achat d'une voiture. Suivra en février un autre prêt automobile de 30 000 euros à la Caisse d'Épargne. Puis encore un en mars chez Natixis de 27 239 euros, pour le même motif, « achat de véhicule ». Il contractera enfin un dernier prêt à la consommation de 7 821 euros dans cette même banque. Toni Musulin n'achète aucune voiture cette année-là. Son train de vie n'évolue pas. Voire s'ascétise encore un peu. Le montant des avoirs sur ses comptes en banque participera grandement après le casse à la suspicion d'une double vie. Comment un simple convoyeur peut-il avoir autant d'argent de côté ? La question reste sans autre réponse que celle, qui n'a jamais satisfait personne, de sa défense : travailleur, il a économisé toute sa vie. La réponse se trouvait assez bêtement sur ses relevés de compte : cet argent n'était tout simplement pas son argent, mais celui des banques. Aucune question ne lui sera jamais posée à ce sujet. L'argent contracté grâce à ces prêts sera pourtant retiré dans le cadre de la préparation de son casse, par paquets de dizaines de milliers d'euros en liquide entre juillet et octobre. Toni Musulin n'explique ni pourquoi il a contracté ces prêts, ni à quoi était destiné l'argent retiré. Il évacue le sujet sans s'encombrer à construire une version crédible. Les prêts ? « Ce sont les banques qui venaient me chercher parce que j'ai toujours été un bon client. J'ai accepté sans raison particulière. » Il nie avoir eu besoin d'argent à cette époque.

Pour lui, la rupture se fait au début 2009. « Cela faisait un an que je vivais seul. Je m'étais séparé de ma femme. Je n'avais plus vraiment de liens familiaux, plus personne pour me donner des repères. Je n'avais plus rien. Donc plus rien à perdre. Je pensais sans cesse à cette pourriture de patron. Je me disais qu'un jour ou l'autre, il finirait par payer. Je n'ai pas changé, j'ai pris une décision. » Après une humiliation, qu'il préfère qualifier de colère. « J'ai décidé de leur faire payer. » Eux, c'est la Loomis. Devant la machine à café. Toni Musulin discute avec Pascal Brun. Les deux collègues comparent leurs fiches de paie. Il est encore incapable de raconter cette scène sans s'énerver. Il parle d'un « vol minable ». Ce jour-là, il s'aperçoit qu'il lui manque, non pas des heures, mais des minutes. Cinq par-ci. Dix par-là. Quinze encore ailleurs. Ce n'est pas trop difficile à voir. Brun et lui font ensemble depuis plusieurs années la tournée Banque de France. Ils sont censés effectuer exactement le même nombre d'heures. Ce n'est pas le cas. Toni Musulin demande des comptes à son chef. Celui avec qui, trois ans plus tôt, il en était presque venu aux mains. Le ton monte. Le chef le nargue. Il lui explique que cela fait des années qu'on lui ponctionne discrètement des poignées de minutes. « Une multinationale qui vole des minutes, vous vous rendez compte ? » Musulin répète la phrase.

Ce jour-là, il ne lèvera pas la main sur ce chef qu'il déteste. Il ne brisera pas de vitre. Il semblera même finir par se calmer. Mais rien ensuite ne sera plus comme avant. L'épisode des minutes volées scelle la rancœur de Musulin vis-à-vis de son employeur. Il porte l'amer et tenace sentiment de s'être fait avoir. Sentiment d'injustice qu'il encaisse comme un non-respect de la règle. Dans son raisonnement, Loomis a rompu le contrat qui liait l'employé à l'employeur. Et, par voie de conséquence, les obligations de cet employé vis-à-vis de son employeur. Instituant une sorte de situation de non-droit qui, dans l'esprit de Musulin, l'autorise de fait à se venger. Un raisonnement qu'il développera bien plus tard comme stratégie de défense devant ses juges. Mais qui va en réalité bien au-delà. Qui touche à l'obsession d'inscrire chacun de ses gestes dans un cadre moral, normé et contrôlé. Donc échappant à la pulsion, à la passion, à l'intérêt... Certes, dit-il, il va agir par vengeance. Mais une vengeance qu'il estime parfaitement légitime. Et, ce jour de janvier, en sortant du bureau de son chef, il repense au fait divers punaisé sur le tableau d'affichage, le type de la Brink's parti avec son camion. Et il se dit qu'il fera mieux. Il disparaîtra avec un plein chargement Banque de France. Il les ridiculisera. Il caresse ce mot. « Ridiculiser ». Il prend une décision qui tient en une maxime qu'il a faite sienne : « Tu me voles. Je vais te voler. »

Il sait dès le départ qu'il ne volera pas un peu. Il sait qu'il ne volera pas « juste de quoi s'enrichir ». Il veut voler une somme indécente. Il veut faire un coup. Lui dit : « Le coup. » Et il va les voler vite. Parce qu'il ne faut plus attendre. Et parce que, d'ici peu, les fourgons seront peut-être moins chargés. Il anticipe. Il sait que Loomis est en train de perdre des marchés pour 2010. L'année suivante, les sommes transportées seront certainement moins importantes, 30 % de moins d'après ses estimations. Il a donc une échéance pour faire son coup : 2009. Pour être spectaculaire, le casse se doit d'être un butin à huit chiffres. Personne n'a jamais volé une telle somme lors d'un convoi de fonds. Pour une raison assez simple : le montant transporté est limité par des plafonds d'assurance bien en deçà des dix millions. Pour l'agence Loomis de Lyon, ce plafond s'élève à 6,3 millions d'euros sur un trajet direct, 4,5 millions dès lors que le fourgon s'arrête à plusieurs points de desserte. Musulin sait d'expérience que ces plafonds ne sont jamais respectés. Question de rentabilité, ainsi résumée par le délégué syndical CGT de Loomis, Kader Benguèche : « Pour éviter de perdre du temps, parce que le temps c'est de l'argent, on prenait le maximum dans les fourgons pour éviter d'avoir à faire des allers-retours. Les dépassements étaient quotidiens. Normalement, c'est au convoyeur messager, lorsqu'il est à la Banque de France, de décider de ne pas charger plus. Mais cela veut dire qu'il devra faire deux allers-retours et qu'il se prendra une remarque en arrivant. Respecter ces plafonds revient à faire plus d'heures. Or il y a une énorme pression autour des heures supplémentaires dans l'entreprise. » Toni Musulin va voler une somme qui n'aurait jamais dû se trouver là où elle se trouvait. C'est un détail qui compte pour lui. Un détail qui peut mettre son employeur dans une position très inconfortable. À partir de ce moment-là, raconte-t-il, « il n'y avait plus rien d'autre ».

6

Le plan

Toni Musulin ne se pose pas la question du mode opératoire. Il l'a. Il va partir au volant de son fourgon. Puis il le videra de son chargement. Point. Il ne fera rien d'autre. Il ne servira pas de son arme. Il ne demandera rien à personne. Le geste est évident. Presque trop simple. Il est d'ailleurs en théorie impossible. Les textes encadrant le transport de fonds imposent des procédures de sécurité qui font qu'un convoyeur ne peut jamais se retrouver en position d'exécuter ce geste-là. Ces procédures obligatoires sont consignées dans une fiche dite « Fiche 31 », fiche confidentielle que les convoyeurs, en prenant leurs fonctions, sont censés lire et retenir pour des raisons de sécurité, ils n'ont pas le droit de la conserver avec eux. Longue d'une vingtaine de pages, elle détaille, poste par poste, minute par minute, les obligations des convoyeurs de fonds du début à la fin de leur tournée. Elle ne laisse aucune place à l'improvisation, ni même à l'interprétation. Et pare à peu près à toutes les situations. Pauses « besoins naturels » comprises. Où l'on apprend qu'un convoyeur ne peut en aucun cas utiliser des toilettes publiques mais doit se satisfaire en extérieur, en arme, sous la protection de ses deux co-équipiers. Où l'on apprend aussi que les transports de fonds, pour éviter les attaques de braqueurs déguisés, ne peuvent pas être soumis à des contrôles de police ou de gendarmerie. Mais la Fiche 31 précise surtout qu'un convoyeur ne doit jamais être seul. Lors des opérations, un fourgon doit être positionné sur une place spécialement aménagée à toute proximité du lieu de chargement/déchargement. Le fourgon, dès lors qu'il quitte son centre-fort, passe en mode sécurisé. Une fois fermées, les portes ne peuvent plus être ouvertes que grâce à l'action simultanée de deux convoyeurs, avec la clé bleue de sécurité. Les collègues de Toni Musulin, lorsqu'ils seront interrogés lors de l'enquête, expliqueront ne pas connaître ne serait-ce que l'existence de cette Fiche 31. Ils savent que la clé doit être laissée au centre-fort, mais rappellent qu'il était habituel que les convoyeurs la prennent tout de même. Ils ajouteront que Musulin, lui, l'emportait systématiquement. Ils ne sont pas les seuls chez Loomis à ignorer, sciemment ou pas, les procédures. Toni

Musulin le sait. La sécurité ne sera jamais un problème dans l'élaboration de son plan. Le fourgon ne sera pas en mode sécurisé et il aura sur lui, comme chaque jour, la fameuse clé bleue qui lui permettra d'ouvrir la porte arrière du fourgon comme on ouvre une banale fourgonnette. Il sait aussi qu'il pourra aisément débrancher sans mal le système GPS qui équipe les fourgons. Il a toujours été bricoleur.

Il faudra juste qu'il s'arrange pour être seul au moment d'appuyer sur l'accélérateur. La tournée Banque de France prévoit souvent un arrêt chez Transval, non loin de la Banque de France. Devant la façade du bâtiment, sont plantés des petits murets et des bornes métalliques destinées à le protéger des attaques à la voiture bélier. Point. Le centre de fonds est sans enseigne. Rien qui permette d'identifier la nature de l'activité de la société. Situé dans une petite zone d'activité organisée autour d'un parking, le bâtiment n'est pas visible de la rue. L'agence ne reçoit pas de public. Et n'est connue que des professionnels de la banque et du transport de fonds. Un portail est censé fermer l'accès au parking du parc d'activité sur la route de Vienne mais il est, en journée, constamment ouvert. Il suffira de partir lorsque ses collègues iront retirer les fonds à l'intérieur du bâtiment.

Au moment où il échafaude son plan, Toni Musulin fait encore équipe avec son compagnon de route Pascal Brun. Il sait qu'il ne fera pas le coup avec lui dans le fourgon. Brun est un convoyeur d'expérience, carré, à cheval sur la procédure. Brun est surtout l'un des rares types qu'il aime bien. Il n'a pas envie de le mettre en porte-à-faux. Brun ne devra pas être là ce jour-là. Au début de l'été 2009, un épisode va opportunément régler le problème. Musulin et Brun se fâchent. Sans que personne ne comprenne vraiment pourquoi. Les deux hommes n'ont, encore aujourd'hui, pas d'explication très claire à donner sur les raisons de leur brouille. Plus tard, après le casse, leurs collègues soupçonneront Musulin d'avoir organisé une fâcherie d'agrément pour se débarrasser de Brun. Musulin, suite à cet épisode, a en effet aussitôt demandé à changer d'équipe. À partir de l'été 2009, il partage son fourgon avec des équipes tournantes. Mais généralement constituées de convoyeurs moins expérimentés que lui. La semaine du casse, il sera avec Didier Matrundola et Philippe Ferrero. Le premier, un petit gars trapu, de l'âge de Musulin, 39 ans, est employé chez Loomis depuis 2007. Le second, plus proche de la cinquantaine, n'est chez Loomis que depuis le mois de juillet 2009. Ils n'ont pas l'expérience spécifique des tournées Banque de France. Toni Musulin n'aura aucun mal à s'imposer à la tête du trio. Les deux autres feront comme lui le décide. Ils trouveront peut-être même cela mieux ainsi. Moins contraignant pour eux. Il sait désormais qu'il pourra être seul au volant du fourgon sur le parking de Transval au moment d'appuyer sur la pédale d'accélérateur.

La suite sera plus compliquée. Parce qu'elle est l'inconnue. Musulin maîtrise dans leurs moindres détails le fonctionnement et les failles du système. Il ne sait en revanche pas grand-chose de la vie en cavale. C'est cela qu'il va lui falloir penser et organiser. Une vie qui débutera au moment où il aura appuyé sur la pédale. Dès le départ, il a une certitude : il lui faudra se débarrasser de l'argent. Très vite. Et partir. Tout de suite. Mettre le butin à l'abri durant une période. Cette idée va guider tout le montage de son plan. Avant l'argent, il lui faudra d'abord abandonner le fourgon blindé. Dans les minutes qui suivent. Le coup doit donc se jouer dans un mouchoir de poche. Il est inenvisageable de traverser Lyon à bord du fourgon. Musulin pense assez vite à la rue de Montagny, à quelques centaines de mètres de Transval, l'arrêt régulier après la Banque de France. Il connaît bien cette petite rue isolée à l'écart des grandes artères. La rue de Montagny a été sa première adresse lorsqu'il s'est installé à Lyon. Une petite rue déserte que l'on ne peut emprunter qu'en sens unique. Elle est protégée du côté gauche par le mur aveugle de la clinique Saint-Vincent-de-Paul. Sur son flanc droit, elle est ouverte sur des voies ferrées. Un peu plus loin, il y a des ateliers SNCF. Peu d'habitations

– le premier immeuble est à 150 mètres –, peu de passage, peu de regards. Il lui faudra juste se méfier des allées et venues éventuelles des cheminots. Le fourgon aura parcouru à peine 500 mètres depuis le parking de Transval. C'est ici qu'il transférera le chargement de son fourgon dans un autre véhicule. Il lui faudra quelque chose de banal et discret. Disposant d'une grande capacité, type utilitaire. Il verra cela plus tard. Il lui faudra aussi emporter avec lui de quoi financer sa cavale à durée indéterminée. Une cavale coûte cher. Toni Musulin refuse de dire combien il avait prévu d'emporter avec lui. Ni où il avait prévu d'aller. Il parle de montagnes. Il explique qu'il aime la montagne. Parce que l'on peut s'y cacher et qu'on y est bien seul.

Sa première priorité est de trouver une planque. La planque. Il a éliminé d'emblée l'idée de creuser un trou en forêt pour enfouir l'argent. Il n'aura pas le temps de quitter Lyon. Il veut passer le moins de temps possible avec le butin. Et il craint les traceurs à ondes placés dans les liasses de billets. Il sait qu'une vérification exhaustive de chaque liasse à l'air libre serait dangereusement chronophage. D'où l'idée, bien avant celle du double mur, d'un parking souterrain en pleine ville. Il sait que les sous-sols sont de bons brouilleurs d'ondes. Ce sont surtout des lieux discrets. Une fois dans un box fermé, il sera à l'abri des regards et des caméras de vidéosurveillance. Comme chez lui. Toni Musulin a justement une connaissance qui loue des garages dans le quartier. L'homme ne lui poserait pas de questions. Pas le genre. Avec le recul, il dit qu'il aurait pourtant dû se méfier davantage. Il avait rencontré ce marchand de biens dix ans plus tôt. Avant qu'il ne soit convoyeur, un des types qui bossaient avec lui à la sécurité de la bijouterie Maier, dans le quartier des boutiques de luxe de Lyon, les avait présentés. C'était à un salon de l'automobile à Genève. Toni Musulin aimait bien grenouiller dans ce genre d'événement. Fricoter avec le bling-bling motorisé. Il n'avait pas encore acheté sa première Ferrari. Mais l'idée commençait à le chatouiller. Il avait la trentaine. L'époque où il voulait devenir quelqu'un. Le marchand de biens est, selon l'ami qui les présente, « quelqu'un dans le business ». Il se souvient d'un petit homme qui, de l'avis de Toni Musulin, ne possédait pas les attributs qualifiant celui qui a réussi. Il le décrit comme un « racheteau mal fagoté ». Il insiste sur son costume qui lui semblait « avoir été acheté aux puces ». Il ajoute aussi qu'il avait l'air d'avoir des problèmes de peau et se grattait beaucoup. « Y compris les couilles », tient-il à préciser. À l'époque, c'est-à-dire avant qu'il n'ait des raisons de le détester, il semblait cependant s'en être accommodé. Les deux hommes s'échangent leurs numéros de téléphone. Lors de son audition, le marchand de biens expliquera aux policiers qu'il ignorait que Toni Musulin était convoyeur de fonds. Jusqu'au casse. « Il m'avait dit à cette époque qu'il gérait un bar et qu'il avait fait des affaires dans ce milieu auparavant. » Durant des années, ils resteront vaguement en contact. Sans que l'on comprenne bien l'objet de ces « contacts ». Musulin raconte qu'il passait de temps en temps le voir dans ses bureaux de Caluire, au nord de Lyon. Une vaste demeure bourgeoise. Il dit : « On discutait comme ça. » Ou : « Il me payait le café. » C'est lors d'une de ces visites de courtoisie que Toni Musulin avait appris qu'il possédait un lot de box route de Vienne. Il avait retenu l'information. Au cas où, pour sa Ferrari. Il y repense pour son casse.

Musulin passe en mars 2009 lui demander, l'air de rien, s'il n'aurait pas un garage à lui louer, dans le 8e arrondissement. Le marchand de biens lui propose un box fermé par une porte métallique, en sous-sol du 175, route de Vienne. Il ne pouvait espérer meilleur emplacement. À quelques centaines de mètres de Transval et de la rue de Montagny. La route de Vienne, contrairement à la rue de Montagny, est une artère à forte circulation. C'est aussi bien. Personne ne fera attention à cet utilitaire blanc qui tournera au 175. Musulin revient quelques jours plus tard à Caluire pour la signature du bail. Il est au volant de sa Ferrari. Le « détail » a marqué le marchand de biens. Ils se mettent d'accord sur un loyer de 80 euros mensuels. Toni Musulin a cependant une exigence particulière : il souhaite que le bail soit rédigé à un autre nom que le sien. Ce qui ne semble pas perturber plus que cela le propriétaire. Aux enquêteurs, il prétendra que ce genre de demande est habituel dans son métier. Plutôt que de s'inventer un nom, Toni Musulin en profite pour glisser avec perfidie sur le document celui de quelqu'un qu'il n'aime pas. Il choisit l'ex-mari d'Hélène, Mario Tournefier. Parce qu'il n'y a pas de petits profits. Il paie en liquide. La caution, et six mois d'avance. Il ne s'occupera pas du box avant plusieurs mois. Avant d'avoir l'idée du mur.

En attendant, il organise la vie d'après, en liquidant celle du passé. Depuis le mois de mars, il se livre à un frénétique jeu de virements et de remises de chèques entre ses différents comptes bancaires. À partir de l'été 2009, Toni Musulin entreprend le siphonnage méthodique de ses nombreux comptes. Le 4 juillet, il retire en liquide sur son compte Crédit Mutuel 80 000 euros. Le directeur de l'agence de son quartier prend la peine de le recevoir pour procéder lui-même à la remise des espèces. « C'est comme ça quand on retire des grosses sommes », explique Musulin, avec l'air de celui qui a toujours fait cela. Le directeur lui demande ce qu'il va faire de cet argent. Musulin lui répond que cela ne le regarde pas. Il met la liasse dans sa poche. Il précise que 80 000 euros en billets de 500, cela fait moins de deux centimètres d'épaisseur. Les derniers retraits ont lieu durant la deuxième quinzaine d'octobre. Durant cette période, jusqu'au casse, il a en permanence son argent liquide sur lui. Jamais chez lui. « Trop risqué. » Il refuse encore aujourd'hui de dire ce qu'il a fait de cet argent. Paraphrasant le footballeur hédoniste George Best, Musulin explique avoir tout claqué en sorties et filles. Le reste, il a donc dû le gaspiller. Il dit qu'il partait tous les week-ends. « En Italie, à Monaco, en Suisse, au Cap-d'Agde… » Le rôle du claqueur fou ne collant pas vraiment avec l'image de gestionnaire scrupuleux qu'il cultive, lors de son premier procès, le président du tribunal le cuisinera longuement sur l'utilisation de ces fonds. Il ne s'embarrassera pas d'explications : « Je suis ainsi. Je peux être très économe et parfois dépenser sans compter. » Dont acte. En octobre, tous ses comptes sont à secs. Il a retiré depuis juillet 137 180 euros en espèces.

Le 19 octobre, il se rend à l'agence de location de voitures Car'Go de Villeurbanne. Son sang-froid se mesure à des détails insignifiants : ses obsessions économes. Il choisit Car'Go parce que ce n'est pas cher. Il insiste pour qu'on lui loue un utilitaire sans vitres sur la partie arrière. Il ne veut pas non plus un véhicule trop long. Il faut qu'il puisse rentrer dans le box réduit par le double mur. Il met le contrat à son nom. Parce qu'il sait que cela n'aura aucune incidence. Se faire faire des faux papiers aurait été compliqué et risqué. Il prend un contrat de location jusqu'au 31 décembre. L'ultimatum qu'il s'était fixé. Mais il sait qu'il passera à l'acte avant cela. Il paie encore en liquide. Avec les liasses qu'il conserve dans ses poches depuis l'été. Il le gare en bas de chez lui, rue Louis-Braille, à Villeurbanne. La semaine suivante, il commence les travaux du mur. La Kangoo lui sert à transporter le matériel de chantier depuis le magasin Leroy Merlin. Il passe ses matinées enterré à la lueur d'une vieille lampe de chevet dont la rallonge court dans le parking. Une voisine déclarera plus tard aux policiers qu'elle avait remarqué quelqu'un faisant des travaux quelques semaines avant le casse dans le box numéro 105. Elle avait entendu du bruit et vu de la lumière. Mais personne, ni les enquêteurs, ni le juge, ne s'intéressera à sa déposition.

Le mur construit, Toni Musulin passe à la phase des derniers réglages. Il peaufine. Affine. Vérifie. Il teste les trajets avec la Kangoo entre la rue de Montagny et l'entrée du parking souterrain. Il repère des caméras de vidéosurveillance sur le chemin qui mène au box route de Vienne. Il ne doit pas passer dans leur champ. Il sera obligé d'emprunter un court passage en sens interdit depuis la rue de Montagny. C'est risqué. Mais moins que de passer sous l'œil des caméras.

Une minute plus tard, il sera à l'abri dans son parking. Il teste aussi le trajet depuis son fourgon durant ses heures de travail. Manière surtout de tester ses deux collègues. Entre le centre-fort Loomis, la Banque de France et Transval, il calcule les temps de trajet. Il fait parfois un crochet par la rue de Montagny. Aucun des deux ne bronche. Une première fois, Didier Matrundola lui fait remarquer que ce n'est pas l'itinéraire habituel. Musulin joue l'étonné. Il prétend qu'il s'est trompé. Le collègue ne posera pas d'autres questions.

Le plan paraît pouvoir fonctionner. Il est prêt. Ne lui manque que la moto. Le dimanche 1er novembre, il passe au magasin jelouemamoto.com, pas très loin de son club de sport à Villeurbanne. Daniel Jonnson, le jeune patron des lieux, se souvient de cet homme qui voulait une « moto pas trop chère ». Toni Musulin lui explique qu'il s'apprête à partir en vacances une quinzaine de jours. Dans le sud, a priori. Daniel Jonnson le questionne. Il a l'habitude de se montrer un peu curieux, histoire de vérifier que ses motos ne partent pas dans des endroits « à risques ». Toni Musulin parle de l'Italie ou de l'Espagne. Il est vague dans ses réponses. Mais précis dans ses questions. « Il voulait absolument savoir s'il pouvait sortir de France. » Jonnson lui dit oui, à condition de rester en Europe. Ils causent cylindrées deux secondes. Le temps de voir qu'il s'y connaît un peu en moto. Musulin choisit une Honda 600. Il explique avoir besoin de charger sa moto. Il aura, précise-t-il, de « gros bagages ». Il veut donc en option un gros top-case. Le plus gros que le loueur ait, 46 litres. Il veut ajouter des sacoches. Demande s'il peut aussi porter un sac à dos. Le loueur lui explique qu'il est impossible de charger autant la Honda 600. Il lui propose une BMW 800 à 1 350 euros. Musulin tique. Trop chère pour lui. La première était à moitié de ce prix. Musulin négocie. Le loueur lui fait la seconde au prix de la première. Et accepte qu'il règle la location en deux fois. Au moment de payer, Musulin sort une liasse de billets dont le loueur se souviendra longtemps. « Épaisse d'au moins trois, quatre centimètres. » En billets de 20, 50 et 100 euros. Et il répète : « Trois, quatre centimètres. » Comme pour la Kangoo, Musulin loue la moto à son nom. Il a également laissé un chèque de caution. Il dit au loueur qu'il rapportera la BMW d'ici quinze jours. Toni Musulin ignore alors que Daniel Jonnson récupérera effectivement sa moto deux semaines plus tard. Mais au commissariat de Nice. En attendant, la moto est sagement garée dans le box de la route de Vienne.

Le lendemain, le convoyeur reprend le travail. Il ne sait pas encore quel jour il fera le coup. Il ne connaît le montant des sommes transportées que le matin même. Il décidera en fonction. Il attendra le bon moment, un gros chargement. Chaque matin, à partir de ce jour, il fait comme si c'était le jour J. Il a mis à l'arrière de sa Kangoo son vélo, un sac de couchage et un pantalon de sport pour être à l'aise. Celui dont il se sert pour le krav maga. Il aura certainement à passer la nuit dans le box le temps de glisser tous les billets par la trappe du mur. Il a prévu une lampe frontale à pile, plus discrète que la lampe à abat-jour qu'il avait utilisée lors des travaux du mur. Il a aussi pris son crucifix. Avant de partir au travail, il conduit la Kangoo rue de Montagny. Il la gare sur les places de stationnement toujours vides à gauche de la rue. Juste avant le virage, hors de vue des premiers immeubles d'habitation. Il prend soin de la positionner en sens inverse de la circulation, afin de pouvoir ensuite coller son fourgon porte arrière contre porte arrière. Pour éviter d'attirer trop l'attention, il pose sur le tableau de bord une feuille avec l'inscription « En panne ». Lorsque le véhicule est positionné, il enfourche son vélo et rejoint l'agence Loomis rue Massimi, à quelques kilomètres de là. Comme n'importe quel autre matin.

Le mardi 3 novembre, Toni Musulin s'apprête à renouveler la manœuvre de la veille. Mais, en allant récupérer la Kangoo en bas de chez lui, il la retrouve partiellement brûlée. La voiture garée à côté a été incendiée. Le feu a touché la sienne sur le côté gauche et soufflé une vitre. Il se rend chez

Car'Go. Il embrouille l'employée de l'agence en expliquant qu'il ne peut lui fournir de dépôt de plainte car les services de police sont en train de faire des constatations sur les lieux de l'incendie. L'employée lui reloue une voiture sans poser trop de questions. Toni Musulin repart avec sa nouvelle Kangoo. La même, sans vitres à l'arrière, de couleur blanche. Il se gare rue de Montagny et prend son vélo. Durant la première tournée, il opère à nouveau un crochet par cette rue. Cette fois, c'est Philippe Ferrero qui lui fait remarquer qu'il s'est trompé d'itinéraire. Toni Musulin ne répond pas. Son collègue ne relève pas. Musulin n'est pas un bavard. En réalité, il est préoccupé. Il sait désormais qu'il lui faut agir vite. L'épisode de l'incendie peut attirer l'attention sur lui. Il n'est pas exclu qu'il soit ennuyé par cette histoire. À la pause de 11 heures, après la première tournée, alors que les trois convoyeurs ont l'habitude d'attendre ensemble dans les locaux de Loomis le fax de la Banque de France pour le prélèvement suivant, Toni Musulin s'en va précipitamment à vélo. Il explique à ses collègues qu'il ne se sent pas bien et qu'il doit se rendre à la pharmacie. « Une gastro », leur précise-t-il.

Il avait raison de s'inquiéter à propos de la Kangoo brûlée. Durant la matinée, la directrice de l'agence a essayé de le joindre sur son portable. Son message est pressant. Elle exige de lui qu'il rapporte immédiatement une copie de son dépôt de plainte. Suspicieuse, la directrice, ayant eu vent de l'épisode, avait envoyé une autre de ses employées vérifier les dires de Musulin. Au commissariat de Villeurbanne, on l'a informé que personne n'était allé faire de constatations pour une histoire d'incendie, pour la simple raison que personne n'était venu porter plainte. L'employée s'est rendue ensuite au domicile de Toni Musulin rue Louis-Braille. Mais, à l'adresse fournie par leur client, il n'y avait aucune boîte aux lettres à son nom. Toni Musulin est repassé à l'agence en sortant du travail. La directrice de l'agence, de moins en moins confiante, exigeait en plus du dépôt de plainte, un deuxième chèque de caution, pour la Kangoo de remplacement. « Il a fui mon regard », rapportera-t-elle plus tard aux policiers. L'employée ajoutera qu'il avait l'air « préoccupé et peu à l'aise ». Musulin n'a plus le choix. En fin de journée, il est au commissariat de Villeurbanne pour porter plainte contre X pour « dégradation volontaire d'un véhicule ». Le gardien de la paix qui enregistre la plainte note sur le PV : « Aucun soupçon. » Toni Musulin retourne à l'agence, copie de sa plainte en main. Mais la directrice ne le lâche pas. Elle veut son deuxième chèque de caution. Il est agacé. Dit qu'il n'a plus de chéquier en ce moment. Et ajoute, selon les souvenirs de la directrice : « De toute façon, je vous paierai. » Lorsqu'il s'en va, la directrice et son employée discuteront quelques minutes sur le comportement peu habituel de ce client. Dans la journée du 5 novembre, elles lui laisseront plusieurs messages pour le relancer à propos du second chèque de caution. Le mercredi matin, Toni Musulin refait les mêmes gestes que la veille. Il paraît toujours fébrile. À la pause de 11 heures, il quitte une nouvelle fois les locaux pour motif de gastroentérite. Puis il revient et termine normalement ses tournées. Il attendra le lendemain.

Le jeudi 5 débute comme les pires jours de novembre. Le ciel est bas et une pluie froide tombe par intermittence. Une nouvelle fois, Musulin gare sa Kangoo dans la rue de Montagny déserte. Il prend son vélo et se rend chez Loomis, rue Massimi, dans le 7e arrondissement de Lyon. Le Lyon de derrière les voies ferrées. Là où la ville prend des airs de faubourg industriel. Le bâtiment de la rue Massimi est un bâtiment morne, semblable à ses voisins. Où se trouvent les bureaux, les vestiaires, l'armurerie et les garages de Loomis. Vers 8 heures, Toni Musulin enfile son uniforme. Il passe ensuite au tri où le régulateur lui remet son arme et les clés du fourgon. Musulin, en tant que chauffeur, est chargé d'actionner la mise en sécurité du véhicule. Comme chaque jour, il garde le trousseau sur lui. Comme chaque jour, le régulateur le laisse faire. Philippe Ferrero et Didier Matrundola montent. Le premier devant. Le second derrière, à côté des coffres. Ils passent au centre-fort, la caisse centrale de l'agence Loomis de Lyon. Le centre fort est à quelques centaines de mètres, rue Bollier. Un endroit discret et ultraprotégé. Sur place, le dispatcheur tend à Musulin la feuille de route de l'équipe. Le tableau précise les fonctions de chaque convoyeur et le détail des points de chute de chaque tournée. La première de la matinée est une tournée classique : centre-fort-Banque de France-Transval-centre-fort. Deux autres tournées sont prévues dans la journée. Mais aucune ne passe par Transval au retour. Donc pas de possibilité de fuite. Le dispatcheur remet également à Musulin les bons de commande des sommes à récupérer. Ce jeudi matin-là, il y a six prélèvements prévus au premier passage à la Banque de France. 30 000, 5 400 000, 5 030 000, 395 000, 745 000 et 5 000 euros. 11 605 000 euros au total.

Le fourgon Mercedes blanc quitte le centre-fort à 8 h 30. Il arrive trois minutes plus tard rue Pierre-Sémard, au coffre de la Banque de France. Le fourgon pénètre dans une cour fermée, ce qui exonère les convoyeurs d'une partie des procédures de sécurité sur voie publique. D'une partie seulement. Car chaque convoyeur doit conserver son rôle. Toni Musulin, comme chaque fois qu'il est en équipe avec Didier Matrundola et Philippe Ferrero, s'arroge leurs fonctions. Et notamment celles du messager et du chef de bord, celui qui réceptionne les fonds. Les deux autres expliqueront que c'était plus pratique ainsi. Que Musulin avait une expérience qui le rendait plus efficace. La réception des colis Banque de France est une tâche à responsabilité. Il faut vérifier que le nombre de paquets correspond aux bons de commande. Malgré les cinq contrôleurs et les trois caissiers de la Banque de France qui procèdent aux vérifications préalables, les erreurs ne sont pas rares. Les convoyeurs expérimentés comme Musulin connaissent les colis, ils calculent vite. Ce jeudi matin, c'est donc Toni Musulin qui vérifie et signe les bordereaux. 11 605 000 euros, le compte est bon. Les employés de la Banque de France remettent sur un chariot roulant les 51 colis correspondants à Ferrero et Matrundola, qui les chargent ensuite dans le fourgon par la porte arrière. Musulin dirige les opérations, il leur explique qu'il est inutile de s'embêter à déposer tous les paquets dans les coffres du fourgon. Il précise même qu'on peut laisser hors coffre jusqu'à 2,5 millions. Une partie des colis est donc laissée à même le sol, en vrac à l'arrière du véhicule. Matrundola et Ferrero font comme Musulin dit de faire. Ils respectent « l'ancienneté ». Le fourgon Mercedes quitte la Banque de France à 9 h 45. Au volant, Musulin suit d'abord l'itinéraire habituel. Il descend la rue de Gerland, tourne rue Croix-Barret. Mais, au lieu de rejoindre la route de Vienne qui mène ensuite directement chez Transval, Toni Musulin tourne soudainement à droite. Il emprunte une petite rue déserte. Passe devant une Kangoo blanche garée sur la gauche en sens contraire à la circulation. Puis, au bout de la rue, reprend la route de Vienne et arrive sur le parking de Transval. Ferrero se demande pourquoi il passe à nouveau par là. Il remarque aussi que Musulin a un téléphone portable personnel avec lui alors qu'il n'en a jamais habituellement. Mais il ne dit rien. Toni Musulin est particulièrement peu amène ce matin-là. Le fourgon se positionne à l'arrêt à cinq mètres environ des locaux en tôles ondulées grises de Transval. Philippe Ferrero et Didier Matrundola descendent. Ils disparaissent dans le sas de sécurité.

7

Le feu rouge

Toni Musulin est seul sur le parking. Il a entre les mains son avenir et le volant de son fourgon. Le moteur tourne. « Je ne pense à rien. Je ne me projette pas. J'ai en tête une seule chose : réussir. » Doucement, il enclenche la première, et appuie sur la pédale d'accélérateur. Gestes quotidiens de travail, mouvements minuscules, qui font basculer une vie. Le fourgon avance lentement vers la sortie du parking. Toni Musulin n'est jamais allé aussi loin dans son existence. Il parle d'un sentiment un peu irréel. Il y a ce camion qui avance. Il y a lui au volant. Cent fois, mille fois, il est sorti de ce parking avec ce même vieux Mercedes blanc. Cent fois, mille fois, il s'est engagé dans ce virage rue du Vivier. Mais il ne reconnaît rien. Les détails de ce décor si familier semblent avoir été effacés. Une lumière le ramène à la réalité. Là, juste devant lui, le feu passe au rouge. Il hésite. Une seconde, c'est-à-dire une éternité. Il renonce finalement à griller ce feu. Prend le risque de l'immobilité. Il regarde droit devant lui. Attend. Ne pense qu'à une chose. Une seule chose. En avoir terminé. « À ce moment-là, je sais que rien n'est gagné. Que tout peut encore arriver. » Il s'engage à droite sur la route de Vienne, puis encore à droite dans la petite rue Auguste-Chollat, qui devient plus loin rue de Montagny. La rue est toujours déserte et la Kangoo est là. Il a parcouru un peu plus d'un kilomètre. Quelques centaines de mètres à vol d'oiseau.

Musulin gare le fourgon au plus près de la porte arrière de la Kangoo. Il descend, ouvre les portes des deux véhicules, se met au milieu et commence à transférer les sacs. Un à un. L'opération lui paraît très longue. En réalité, elle ne durera qu'une poignée de minutes. Mais elle est physiquement éprouvante. Toni Musulin parle de sa sueur, mètre-étalon de ses efforts et de sa tension. Chaque sac pèse une dizaine de kilos. Il y en a 51. Il n'a pas le temps de rationaliser leur agencement. Se contente de les jeter les uns sur les autres. Assez rapidement, l'arrière de la Kangoo est plein. Il doit faire le tour du véhicule pour aller poser les derniers sur le siège avant. Le transfert des sacs en pleine rue est un moment risqué. De ces instants dont il sait qu'il n'a pas le contrôle. Qu'il est totalement vulnérable. Il hait ces moments. Il se souvient d'un terrible stress, peut-être son seul véritable moment de panique. Il a l'impression qu'il n'y arrivera pas. Que les sacs sont trop lourds. Qu'il y en a trop. Qu'ils ne rentreront pas. Que quelqu'un va le voir. À son ceinturon, son arme ne cesse de tomber au sol. Il la ramasse. Elle retombe.

Et puis il y a cette voiture qu'il sent s'approcher au ralenti. Peut-être même s'arrête-t-elle. Il n'ose d'abord pas regarder. Pour ne pas perdre la moindre seconde. Pour ne pas avoir à soutenir le moindre regard. Il est au milieu d'une rue en plein jour, seul, en train de transbahuter des dizaines de sacs de billets d'un fourgon blindé dans une Kangoo de location. Il n'a pas d'explication à avancer permettant de justifier la scène. À chaque nouveau sac qu'il va chercher au fond du fourgon, il se demande si ce n'est pas celui de trop. Celui qui va lui coûter quelques secondes fatales. Celui qui va lui rapporter quelques centaines de milliers d'euros de plus. « À cet instant, on calcule tout ce qui se passe autour de nous. On a des capacités extraordinaires, comme si tous nos sens étaient en éveil. » La voiture se rapproche. « Elle rôde », dit Musulin. Il lève discrètement les yeux. C'est un taxi. Une Mercedes grise. Il ne croise pas le regard du chauffeur. La voiture s'éloigne. L'arme retombe encore. Il s'engouffre dans la Kangoo.

Derrière, il laisse le fourgon Mercedes blanc toutes portes ouvertes. Il ne se rappelle plus avoir laissé les warnings, le moteur tournant et les essuie-glaces en marche. Il remonte sur quelques dizaines de mètres la rue de Montagny en sens interdit, tourne à droite. Et rejoint la route de Vienne. Il s'engouffre au niveau du 175. Passe sous la première barre d'immeubles, et, dans la cour, plonge dans le souterrain dont il actionne la porte électrique avec une télécommande. Le box numéro 105 se trouve tout au fond à droite. Il bascule la porte métallique. Rentre la Kangoo. Referme la porte. Il est à l'abri. Pour la première fois depuis ce moment, pas si lointain, où il a doucement appuyé sur la pédale d'accélérateur, il souffle. Et prend le temps. « Quand j'ai refermé la porte du box, et que je savais les onze millions à l'abri, je n'ai jamais été aussi heureux. Non pas à cause de la somme volée. Mais parce que, cette fois, la Loomis n'avait pas gagné. Ils avaient perdu la partie. »

Il pense que sa mission est – presque – terminée. Ce « presque » sera le grain de sable. Ce petit rien qui fichera tout en l'air. Toni Musulin a faim. C'est en tout cas ce qu'il dit aujourd'hui. Ce qui expliquerait qu'au lieu de commencer le long et fastidieux travail consistant à dépecer les cartons, puis les paquets en plastique thermosoudés, puis, une à une, les liasses, pour pouvoir ensuite glisser les billets dans la trappe, il décide de modifier les dernières étapes de son plan. Il va aller s'acheter un sandwich. Et il en profitera pour placer des indices à l'extérieur de la ville. Il éventre deux cartons contenant des liasses de billets de 50 euros. Et des sacs thermosoudés enserrant des liasses de 20 et de 5 euros. Vérifie au passage qu'il n'y a pas de traceurs. Il ne le sait pas mais en fait aucun des paquets n'est marqué. Il fourre les emballages estampillés Banque de France dans un sac-poubelle et le sac-poubelle dans le top-case de sa moto. Puis il part. Il ne dira jamais ce qu'il a fait des billets contenus dans ces emballages. Il évacue le sujet. Il préfère raconter qu'il a faim à ce moment-là. Et décrit sans la nommer une forme de décompensation qui donnerait réponse à tout. Il dit qu'il perd la notion du temps. Il est peut-être 11 heures, 11 h 30, dit-il.

Son récit perd alors de sa tension. Il est comme dégonflé. Les minutes millimétrées, les gestes calculés se transforment en heures infinies et oisives. Les moments sont évanescents. Toni Musulin raconte qu'il remonte à moto la route de Vienne jusqu'à la sortie est de Lyon. Il s'arrête à la limite de Bron et de Vénissieux, juste à la sortie de la ville. Vers le parc de Bron-Parilly, où il avait l'habitude de venir courir. Il emploie déjà l'imparfait, il sait que ces joggings-là appartiennent à la vie dont il vient de claquer la porte. Il parle d'un pan bagnat mangé sur un banc. Il dit qu'il se sent bien. Il regarde les joggeurs. Il dit aussi qu'il prend le soleil. Parce que la pluie, à ce moment-là, s'est arrêtée. Il pense encore que tout se passe comme prévu. Il décide de retourner au box pour finir le travail. Il est, dit-il, autour de 14 heures. Avant de reprendre sa moto, il s'arrête sur un parking en aplomb de l'autoroute, celle qui va vers l'est. Il dépose à côté d'un container à verre, le sac-poubelle ouvert. Il sait que l'indice sera rapidement retrouvé. Si les emballages sont ici, sous cette autoroute, c'est que le butin a quitté Lyon. Le leurre posé, il peut rentrer terminer le travail. Du moins le croit-il.

Mais, en remontant la route de Vienne en direction du numéro 175, il croise des voitures de police. Beaucoup de voitures de police. « C'était le cirque. Tout était bouclé, il y avait des flics de partout. Je savais que je ne pouvais pas m'approcher plus. Il fallait que je parte. » À cet instant, la police scientifique est en train de procéder aux constatations sur le fourgon blindé abandonné rue de Montagny. À quelques centaines de mètres. Musulin s'arrête et fait demi-tour. Il est à côté du périphérique. Il décide de partir. « Je ne le sentais pas. » Il n'a sur lui que son sac banane, garni d'une paperasse incongrue : passeport, chéquiers, carte d'identité, carte de groupe sanguin, mais aussi carnet de santé, fiches de paie et papiers administratifs divers. Il dit qu'il a l'habitude d'avoir tout ça sur lui. Recentre son récit sur les faits. Il opte pour l'Italie. « Je pense alors qu'il faut laisser passer le week-end. Je ne veux pas prendre le risque de faire du bruit dans le garage tout de suite. » Il prévoit de revenir le lundi suivant. S'improvise alors ce qu'il pense n'être qu'une cavale à durée déterminée.

Il agit sans aucun signe extérieur de panique. Et redevient même assez naturellement Toni Musulin, le type organisé, qui n'aime rien tant que ses habitudes. Pour prendre de l'essence sur l'autoroute de sa fuite, il attend avec les obsessions de celui qui collectionne les points de fidélité de croiser une station Total. Il fournit une explication circonstanciée dans son récit : « Je ne fais confiance qu'à Total, je prends toujours mon essence chez eux. » Ce sera la dernière concession à sa vie d'avant. Un dernier crochet par le quotidien maîtrisé de Musulin. Une voiture de police passe devant la station-service. Il a sans s'en rendre compte son premier réflexe d'homme en cavale : Toni Musulin sort son bonnet de laine noir et l'enfonce sur sa tête.

8

11 605 000

Il est 10 heures ce jeudi matin lorsque Philippe Ferrero et Didier Matrundola sortent du sas sécurisé de Transval. Le fourgon n'est plus là. Les deux convoyeurs regardent autour d'eux. Ils ont en main le sac de fonds qu'ils viennent de récupérer. Ils sont seuls. Face à un emplacement de parking vide. Il leur faut quelques secondes avant d'avoir le réflexe de retourner dans le sas. Ils tentent de joindre Musulin. Le téléphone de service, qui fonctionnait encore quelques minutes plus tôt, est sur boîte vocale. Le talkie-walkie est muet. Les deux convoyeurs hésitent entre incrédulité et panique. Avant de pencher pour une hypothèse plus originale. Toni, pensent-ils, est peut-être rentré au centre pour cause de problèmes intestinaux. Ils ont en mémoire cette histoire de gastro. Lorsque Didier Matrundola appelle le centre depuis le sas de Transval, il demande donc d'abord simplement si, par hasard, Musulin ne serait pas rentré pour aller aux toilettes. À l'autre bout du fil, la réponse négative et atterrée du responsable transport, Christophe Baujault balaie la piste gastrique à laquelle les deux collègues de Musulin tentaient vaguement de se raccrocher pour éviter de penser au pire. Didier Matrundola expose donc les faits à son supérieur dans leur tragique réalité pour Loomis. Musulin et le fourgon se sont volatilisés. Ils ignorent totalement ce qui a pu se passer. Et sont présentement coincés dans un sas avec un sac de billets en mains. À pied. Mais avec armes. Depuis l'agence, Christophe Baujault, essaie de géolocaliser le fourgon. Le GPS est hors service. Il ne l'avait pas remarqué jusque-là. Il prévient la police.

Chez Loomis, les convoyeurs se passent le mot. Patrice Jullien, un des collègues de Musulin se souvient juste de cette phrase, qui passe d'un salarié à l'autre : « Toni a disparu avec un camion de la Banque de France. » Personne n'imagine alors que leur collègue puisse être parti seul avec son chargement. Il a fait le coup avec des complices. Non, il y a eu prise d'otage. « Prise d'otage familiale », précise Patrice Jullien. L'angoisse de tous les convoyeurs. C'est à cause de ces prises d'otage qu'ils cachent leur profession. Ils craignent que des braqueurs n'enlèvent un de leurs proches et le monnaient en échange du chargement du fourgon. La pratique existe. Mais Musulin n'a pas d'enfants, officiellement. Pas de compagne non plus d'après le peu qu'ils savent de lui. Musulin est une cible sans grand intérêt. L'hypothèse de la prise d'otage est donc peu probable. Au dépôt, chacun en convient vite.

Une demi-heure après la disparition de Musulin, deux gardiens de la paix et un adjoint de sécurité de police secours sont dépêchés 61, rue du Vivier, chez Transval. Leur central leur a signalé qu'un fourgon blindé « aurait été volé ». Sur place, deux convoyeurs de fonds décomposés les attendent. Didier Matrundola et Philippe Ferrero expliquent que tout s'est passé très vite. En moins de trois minutes, insistent-ils. Le temps d'entrer chez Transval récupérer un colis. Ils n'ont pas vu le fourgon partir. Ils précisent qu'ils venaient, juste avant cela, de charger une « grosse livraison » à la Banque de France. À bord, il y avait leur collègue Toni Musulin, chauffeur du fourgon. Il dispose d'un fusil à pompe armé. Et d'un Beretta, également chargé. Ils donnent l'immatriculation du fourgon blindé. Il y a à leurs côtés l'employée de la société Transval, Mme Arnaud. Elle non plus n'a pas grand-chose à raconter. Dans son bureau, trône un écran de vidéosurveillance que personne ne regardait au moment où le camion a disparu. Mme Arnaud a regardé cet écran lorsque le fourgon est arrivé sur le parking, devant le bâtiment. Il s'est garé au milieu du champ de la caméra de vidéosurveillance. Puis elle est allée s'occuper des deux autres convoyeurs. Leur passant le colis par le passe-courrier sécurisé. Elle n'a pas vu le fourgon sortir du champ. L'écran de contrôle vidéo ne parlera pas non plus *a posteriori*, il n'enregistre pas les images. Aucune autre personne n'était présente sur le parking pour pouvoir donner le moindre élément. Le fourgon était là. Puis plus.

Christophe Baujault, le responsable transport de Loomis, arrive juste après les agents de police. Il donne quelques éléments sur le chauffeur du fourgon : Toni Musulin, employé depuis dix ans chez Loomis. Il était affecté à cette tournée depuis environ cinq ans. Il a trente-neuf ans. Rien d'autre à signaler sur lui. Pour son employeur, il n'a pas de téléphone portable. Une adresse postale pour tout contact : 160, cours Tolstoï, à Villeurbanne. Puis vient Philippe Cuvier, le directeur de l'agence Loomis de Lyon. Il informe les policiers du montant total du chargement du fourgon. Onze millions d'euros. Il n'y a pas encore de journaux pour surtitrer le fait divers de « casse du siècle ». Pas de recherche d'archives permettant de situer ce montant dans l'échelle des vols de gros calibre. La somme donnée par Loomis est d'ailleurs parfaitement approximative. Il manque à l'addition plus de 600 000 euros. Mais les huit chiffres alignés donnent une mesure particulière à ce qui n'est encore qu'un embryon d'enquête.

À 11 h 30, le parquet de Lyon saisit la police judiciaire de l'affaire. C'est une jeune femme d'une trentaine d'années, la commissaire Judicaëlle Ruby, qui conduira l'enquête. Elle dirige la brigade de répression de grand banditisme (la BRB) de Lyon depuis plusieurs années. Elle s'attend à tout. Mais pas à cette histoire-là. À 11 h 45, un capitaine de la PJ est dépêché sur les lieux. Les deux convoyeurs répètent leur court récit des faits. Le responsable transport livre quelques détails supplémentaires sur ce convoyage. Informations qui, accumulées, commencent à laisser entrevoir les conditions parfaites d'un casse extrêmement préparé. On apprend que les billets ne sont pas marqués. Ils n'ont pas de caractéristiques particulières permettant de les identifier lorsqu'ils sont ensuite utilisés. Au même moment, à la DIPJ de Lyon, arrivent les premiers renseignements sur le conducteur du fourgon. Il est connu des services de police pour une affaire d'infraction à la législation sur les stupéfiants. Ladite affaire date de 1996. Les policiers n'en savent alors pas plus. Ce type d'infraction est courant. Pas forcément en lien avec une quelconque autre forme de délinquance. Mais les policiers apprennent surtout que le convoyeur a porté plainte en mai dernier en Haute-Savoie pour le vol avec arme de sa voiture. Une Ferrari.

Il est 11 h 50. Le lisse profil de Toni Musulin s'accidente d'une première aspérité. Il n'est plus cet homme à propos du lequel on n'a « rien à signaler ». Il a, ou plutôt avait, une Ferrari. Patrimoine automobile qui ne correspond pas aux revenus d'un convoyeur. Il a donc le goût des belles choses et du luxe. Il peut être intéressé par l'argent. Il n'est plus un suspect potentiel. Il est un suspect probable.

Les policiers interrogent alors de nouveau, avec ces nouveaux éléments en tête, les deux collègues de Musulin. Ils apprennent que le chauffeur s'était personnellement chargé de réceptionner la grosse livraison à la Banque de France. Qu'eux n'avaient pas participé à la transaction. Seul Toni Musulin connaissait donc le montant du chargement puisqu'il avait signé les papiers. Ferrero et Matrundola insistent tous deux sur l'absence de signes particuliers qui auraient pu attirer leur attention durant cette tournée. Tout, mis à part l'épilogue, s'est déroulé de façon « habituelle ». L'itinéraire, les procédures, les arrêts... À part cette suspicion de gastro (dont Philippe Ferrero se demande lors de son audition s'il ne l'aurait pas attrapée), ils ne voient rien de particulier à signaler. Ils ne repensent pas à ce moment-là aux changements d'itinéraire répétés.

Répondant aux questions des enquêteurs sur la personnalité de Musulin, les deux convoyeurs dessinent aussi en quelques adjectifs qualificatifs les bases d'un portrait. Une esquisse floue, réalisée par petites touches et détails anodins. Des traits grossiers que plusieurs mois d'enquête, une expertise psychiatrique et des dizaines d'interrogatoires, ne parviendront guère à affiner. Lors de cet interrogatoire, à peine deux heures après la disparition du fourgon, Ferrero et Matrundola parlent de Musulin à l'imparfait. Déjà, il n'est plus vraiment leur collègue. Il n'est pas encore de manière certaine un voleur. Il peut même être une victime. Aucun des deux n'était proche de Musulin. Ils ne le fréquentaient pas en dehors du travail. Ferrero parle de « relations cordiales sans plus ». Matrundola sait depuis peu que Musulin vivait seul et sans enfants. Il pense que c'était à Villeurbanne. Sans certitude. Ferrero lui n'en sait rien. Ils expliquent que Musulin n'était pas vraiment disert sur sa vie privée et qu'ils n'échangeaient avec lui que des banalités. Si, Ferrero sait une chose : il pratiquait un sport de combat « avec passion ». Du « krav maga », précise Matrundola. Un « sport israélien ». Il le sait parce qu'un autre collègue de la Loomis en fait aussi. Et qu'ils en ont parlé. Musulin était aussi selon Ferrero « lunatique » et « caractériel ». Matrundola ajoute qu'il passait « pour un pingre ». Il raconte qu'il ne payait jamais son café. Il raconte aux policiers que Musulin venait au travail « toujours habillé pareil », et toujours sur le même vieux vélo. Pourtant, dit-il, il se vantait de ne pas avoir besoin d'argent et même de posséder une SCI. Ce qui lui valait une réputation de « mythomane ». Fin des adjectifs qualificatifs. À la fin de son audition, Philippe Ferrero confie aux policiers : « Je suis complètement stupéfait par cette situation, je ne sais pas quoi en penser. »

Le fourgon Mercedes immatriculé 884 ARV 31 est retrouvé abandonné rue de Montagny à 12 h 30. Lorsque les policiers arrivent, le moteur tourne encore. Les essuie-glaces balaient bruyamment la vitre sèche du pare-brise. La porte arrière du fourgon est béante. À l'intérieur, deux des trois coffres-forts sont ouverts. Et vides. Une des trappes menant au système GPS dans le plafond est partiellement dévissée. Dans la partie cabine à l'avant du véhicule, règne ce que les policiers qualifieront sobrement dans leurs constatations de « grand désordre ». L'intérieur du fourgon est sale, vétuste et encombré de petits détritus. Le siège passager est partiellement éventré. Coulées séchées et jaunâtres de café. Mégots sur le sol. Scories de négligences qui laissent entrapercevoir un univers professionnel assez éloigné de l'image aseptisée du transport de fonds. Curieux objet que ce véhicule ultrasécurisé ainsi abandonné et béant. Vidé de ses packs thermosoudés de billets propres, il apparaît semblable à n'importe quelle autre camionnette à usage commun. Au milieu de documents de travail, de touillettes et de gobelets à café, de canettes de Pepsi vides, il y a, posé contre la vitre, un fusil à pompe chargé venant rappeler violemment la qualité du véhicule. Sur le tableau de bord, le téléphone de service, éteint. La carte professionnelle de Toni Musulin. Manque le Beretta.

La police technique et scientifique procède aux premières constatations. La précision des rapports de police dit toute l'attention des enquêteurs à ce moment-là. Le vol du fourgon blindé de la Loomis n'est pas traité d'une façon ordinaire. Rien n'est laissé de côté. Le moindre mégot ramassé dans la rue de Montagny sera consigné et placé sous scellés. Dans les laboratoires de la police technique et scientifique de Lyon, arriveront également une collection impressionnante d'« agitateurs », appellation savante et officielle de la touillette à café, des canettes de cola et de sodas, des gobelets, des prélèvements ADN réalisés sur le volant et le levier de vitesse du fourgon. Lorsque les techniciens de la police scientifique ont terminé, Didier Matrundola ramène le camion à l'agence Loomis, accompagné de son chef sécurité. Les policiers n'auront trouvé aucune trace visible de violence. Aucun indice venant lever le soupçon de culpabilité sur le convoyeur disparu.

Au même moment, trois enquêteurs se rendent à Villeurbanne chez Musulin. 4, rue Louis-Braille. Un petit immeuble à la façade tristounette. À ses pieds, un bar sombre sans clients et une épicerie sans vitrine. Le digicode de la porte d'entrée ne fonctionne pas. Dans l'allée, une rangée de boîtes aux lettres dont aucune ne mentionne le nom de Musulin. Pas de trace de Musulin non plus sur les portes d'entrée des appartements. Un voisin voit vaguement de qui il s'agit. Son appartement est situé au deuxième étage. Il indique une porte sans nom. Fermée. Les policiers frappent à tout hasard. Le voisin croit savoir que Toni Musulin vit avec une femme portugaise qui tient un bar vers la place Grand-Clément, à côté d'un salon de coiffure, à quelques centaines de mètres de là. La nouvelle gérante du Léon Tolstoï se souvient de l'arrivée des policiers. « Ils m'ont prise pour la femme de Toni. C'était le branle-bas de combat. » Elle leur montre l'acte de vente du bar. Elle et son mari ont acheté cet établissement en mars 2009 à la compagne de Toni Musulin. Elle leur apprend que le couple est séparé depuis près d'un an. Elle les connaissait bien. Son mari est un collègue de Toni. Elle-même, avant de racheter ce bar, y avait travaillé six mois comme serveuse. Ils ne savent pas où peut être Toni.

À l'hôtel de police, l'enquête administrative apporte des bribes d'informations sur l'environnement familial du convoyeur. Il est le fils de deux immigrés yougoslaves. Vinko Musulin, qui vit en Haute-Savoie. Et Dusica Nikolic, résidant apparemment en Nouvelle-Calédonie. Il a un frère Sébastien, et une sœur, Loraine, plus jeunes que lui. Lui serait toujours en Haute-Savoie. Elle à la Réunion. Toni Musulin aurait aussi une fille prénommée Samantha. L'information est encore au conditionnel. Entendu quelques heures plus tard, Vinko, le père de Musulin, dira qu'elle s'appelle Anaïs.

À 15 heures, parviennent aux services de la police judiciaire de nouveaux éléments appuyant la suspicion sur le personnage Musulin. Les services fiscaux, saisis dans le cadre de l'enquête, envoient la liste des comptes bancaires ouverts en France au nom de Toni Musulin. Il en a quatorze, répartis dans six banques. Des comptes courants, un livret A, des livrets B. La plupart ouverts entre 2007 et 2009. Les enquêteurs apprennent également que le numéro de téléphone donné par Musulin aux gendarmes lors du dépôt de plainte pour le vol de sa Ferrari a été ouvert sous un faux nom.

Une perquisition est ordonnée à son domicile de la rue Louis-Braille. L'appartement est modeste. Presque trop modeste. La pièce principale fait une quinzaine de mètres carrés, alcôve comprise. Elle est encadrée d'une cuisine et d'une salle d'eau/W-C. Le studio, vétuste, est sommairement meublé. Dans la cuisine, un évier avec la vaisselle sale du petit déjeuner, un frigo bas sur lequel est posée une plaque électrique. Un vague rideau fixé avec des pinces à linge à la fenêtre protège des voisins d'en face. Dans la pièce principale, un canapé en cuir vert recouvert d'une couverture rose. Un lit sans housse ni draps. Au pied du lit, une petite télé. Une table en verre sur laquelle est étendu un torchon de cuisine en guise de set de table. Une unité centrale d'ordinateur traîne sur le sol. Un autre, complet, est installé sur un meuble dans l'alcôve. Au-dessus de l'écran, un calendrier 2009 du syndicat CFTC est suspendu. Certains jours ont été marqués d'une croix, d'autres d'un cercle. À partir d'octobre, il y a une croix sur chaque jour. Jusqu'au 5 novembre. Les policiers placent sous scellés le calendrier. Les enquêteurs imagineront là un compte à rebours jusqu'au jour du casse. Longtemps après, cet élément sera à nouveau mentionné sur l'arrêt de la cour d'appel le condamnant à cinq ans de prison, comme élément matérialisant la préparation minutieuse du coup. En réalité, sur ce calendrier, Musulin cochait les jours où il faisait ses joggings. Mais à cet instant-là, tout ce qui est trouvé dans l'appartement porte le parfum de la suspicion. Toni Musulin est un curieux personnage. Chez lui, les policiers trouveront, en vrac, deux détecteurs de faux billets, deux gilets pare-balles, des aiguilles et des seringues encore sous emballages, un holster, une paire de gants de boxe, une planche à abdominaux, un pot à crayons imprimé de billets de 100 dollars sous lequel ont été inscrites à la main des séries de chiffres, au-dessus du cumulus, un sac en plastique bourré de munitions de différents calibres et, réparties un peu partout dans l'appartement, un nombre incalculable de clés de tous modèles, certaines assemblées par trousseaux, d'autres non.

Peu avant 17 heures, Philippe Cuvier, le directeur de l'agence Loomis de Lyon, se rend à l'hôtel de police pour déposer plainte au nom de sa société contre Toni Musulin pour vol. Il porte aussi plainte contre X. Le directeur de Loomis donne aux policiers le détail du préjudice. 11 605 000 euros. Il est persuadé que Musulin n'a pu agir seul. Il y a forcément des complices. Il précise au passage que ses deux collègues ont à son avis commis plusieurs fautes durant la tournée. Ils n'auraient pas dû faire un arrêt chez Transval après le chargement à la Banque de France mais rentrer directement au centre fort de Loomis rue Bollier. Par ailleurs, ils n'auraient jamais dû retirer en une seule fois une telle somme à la Banque de France. Philippe Cuvier explique aux policiers que l'assurance de Loomis les contraint à ne jamais dépasser 6 millions d'euros lors d'un transport. Il prévient que des sanctions sont déjà envisagées contre Ferrero et Matrundola. Il ne dit pas que ces pratiques étaient quotidiennes chez Loomis. Quelques jours plus tard pourtant, dans un communiqué officiel, le président de Loomis France démentira l'existence de ces plafonds d'assurances.

Philippe Cuvier a laissé aux policiers le dossier personnel de Toni Musulin. Ils agrandissent la photo de sa carte professionnelle. Musulin est recherché. Une première dépêche AFP tombe. Alimentée avec une prudence parcimonieuse par le directeur de la PJ de Lyon Claude Catto. Un premier urgent de l'AFP tombe à 18 h 06. « Un fourgon de transport de fonds contenant "plusieurs millions d'euros" a été dérobé jeudi matin à Lyon, sans violence, et son chauffeur est porté disparu. » Une dépêche plus circonstanciée est publiée vingt minutes plus tard. « Vers 10 h 00, les deux convoyeurs du groupe suédois de transport de fonds Loomis sont sortis du fourgon pour collecter de l'argent et, à leur retour, ils ont découvert que le fourgon et le chauffeur avaient disparu, a déclaré à l'AFP le directeur de la direction interrégionale de la police judiciaire (DIPJ), Claude Catto. Le fourgon, qui transportait "plusieurs millions d'euros de la Banque de France", a ensuite été retrouvé, mais vide et sans son chauffeur, à proximité de Vénissieux, dans la banlieue est de Lyon, a-t-il dit. L'enquête a été confiée à la DIPJ de Lyon. »

Il n'y a pas une grosse actualité ce jeudi 5 novembre à Lyon. En cette fin de journée, une bonne partie de la presse locale et les correspondants des médias nationaux sont sagement assis au musée Gadagne. Ils écoutent Gérard Collomb, le maire de la ville, leur présenter le programme de la prochaine édition de sa fête des Lumières. L'ambiance est à la paupière lourde. Peu après 18 heures, les téléphones portables bourdonnent au fond des poches. Les rédactions, qui ont reçu l'urgent de l'AFP, appellent leurs correspondants afin qu'ils aillent creuser cette histoire de disparition de fourgon qui s'annonce comme un fait divers potentiellement prometteur. Sans plus. Les journalistes un à un quittent la salle. Laissant le maire de Lyon devant un parterre très clairsemé. Peu avant 19 heures, le personnage du convoyeur prend corps. À défaut d'avoir un nom. L'AFP écrit : « Cet homme, âgé d'une quarantaine d'années et dont l'identité n'a pas été communiquée, était employé chez Loomis "depuis quelques années", selon la même source. [...] "Ce n'est pas une affaire classique, et tout reste à établir. C'est une enquête qui s'annonce difficile. Nous essayons de savoir ce qui s'est passé et tout est envisageable", a insisté M. Catto. »

Le casse est inédit par son montant. La somme de « 10 millions » commence à circuler. Inédit par son mode opératoire. « Sans violence ». Dans la soirée, Xavier Richaud, le procureur de la République de Lyon, répondant aux journalistes d'i-Télé, façonne en quelques petites phrases l'histoire de cet employé ordinaire qui aurait minutieusement préparé un incroyable casse. « Bien sûr que les soupçons portent *a priori* sur ce chauffeur. » Le magistrat révèle de menus détails qui ne veulent pas dire grand-chose mais dont la sélection de morceaux choisis donne une direction évidente au fait divers. Il dit à propos de l'appartement de Musulin, perquisitionné quelques heures plus tôt : « Nous avons eu la surprise de [le] découvrir quasiment inoccupé, comme s'il avait préparé sa fuite. » Il précise que le réfrigérateur était vide, et que les draps ont disparu. Il ajoute le détail du calendrier aux jours cochés jusqu'à la date du casse. Quelques fragments piochés dans l'enquête que les journalistes vont longuement mâchouiller, jusqu'à un probable début de scénario. Le convoyeur est coupable. Il a préparé son coup. Il a des choses à cacher. Certainement des complices. Il a scrupuleusement nettoyé son appartement, il cherche à faire disparaître des traces. Peut-être même des traces d'ADN. L'ADN de qui ? Si ce n'est le sien, c'est donc celui d'une autre personne. Cette histoire de draps est curieuse. Une femme serait-elle passée dans ce lit ? Le personnage médiatique du convoyeur Toni Musulin vient de naître. Il ne ressemble pas à son faux jumeau.

9

La notice bleue

Toni Musulin est rapidement présumé loin. Les enquêteurs ont diffusé un avis de recherche aux frontières, sans trop y croire. Grâce à ses relevés téléphoniques, ils sont remontés jusqu'à l'agence Car'Go de Villeurbanne. Ils découvrent la location de la Kangoo. Et pensent Musulin parti à bord. Ils cherchent à en savoir plus sur lui. Mais les interrogatoires de ses proches sont d'une lancinante stérilité. Plus ils parlent de Musulin, plus le personnage semble disparaître dans une caricature lapidaire. Musclé, économe, taiseux... Les personnes qui ont été les plus proches de lui et celles qui l'ont à peine fréquenté disent la même chose. C'est-à-dire pas grand-chose. Son père Vinko ignorait que son fils était convoyeur. Sa mère est en Nouvelle-Calédonie depuis vingt ans. Elle ne sera jamais entendue. Le responsable de sa salle de sport à Villeurbanne dira qu'il venait trois fois par semaine, au moins une heure et demie. Toujours le soir, jamais le week-end. Qu'il aimait les poids et les haltères. Qu'il avait dû prendre des produits dopants dans sa jeunesse. Hélène, son ancienne compagne, donnera cependant un élément intéressant aux enquêteurs. Elle pense que Toni avait gardé des contacts familiaux en ex-Yougoslavie. Et qu'il s'y rendait parfois une semaine entière. Elle l'entendait aussi parler serbe au téléphone. La piste yougoslave s'invite dans l'enquête. Elle restera en filigrane. Toujours là. Mais toujours insaisissable. Elle expliquera aussi que le patrimoine de son ancien compagnon – SCI, Ferrari, comptes en banque garnis – n'est pour elle pas surprenant tant il était économe. Pendant les dix années où ils étaient ensemble, il a, dit-elle, vécu sur son restaurant. Pouvant ainsi disposer de l'entièreté de son salaire de convoyeur. Et donc économiser. Les enquêteurs ne sont pas convaincus.

Le lendemain du casse, en début de soirée, deux hommes, un père et son fils, signalent au commissariat de Bron avoir fait une curieuse trouvaille au pied d'une bretelle du périphérique. Quelques heures plus tôt, se rendant au container à verres à côté de chez eux, à Bron, ils remarquent un trousseau de clés, un anti-vol et un sac-poubelle. À l'intérieur de ce sac, ils trouvent des morceaux de carton et de plastique. Sur certains, figurent des étiquettes « Banque de France ». Le fils fait le rapprochement avec l'histoire du fourgon blindé de la Loomis dont les télés parlent en boucle depuis la veille au soir. Il appelle la police. Les emballages sont placés sous scellés et envoyés au laboratoire. Il ne fait aucun doute qu'il s'agit bien d'une partie des emballages du butin. Petite partie. Les clés sont les fameuses clés bleues. Celles qui n'auraient jamais dû être en possession de Toni Musulin. Mais dont personne n'a encore parlé aux policiers. Ni les deux collègues convoyeurs, ni le responsable transport qui aurait pourtant dû les avoir en sa possession, ni le directeur de l'agence qui ne pouvait ignorer ce manquement grave aux règles de sécurité. L'endroit où ont été retrouvés le sac, les clés et l'antivol laisse à penser qu'il a pris la tangente vers l'Est. Personne, à la brigade de répression du banditisme, ne croit alors pouvoir remettre rapidement la main sur le convoyeur. Il est passé à l'étranger avec sa Kangoo et ses millions. Personne n'imagine l'énorme erreur commise par Musulin. Les enquêteurs diffusent quand même sa photo *via* la presse. Au cas où.

Samedi 7 novembre, le propriétaire du box appelle la police. Il explique avoir reconnu Toni Musulin dans le journal. Il dit qu'il n'avait pas entendu parler du casse de la Loomis ces dernières vingt-quatre heures. L'affaire n'avait pourtant pas quitté la une des journaux, papier, radios, télé et Internet. Les policiers de ne s'en étonnent pas. Ils ont d'autres préoccupations. L'homme leur explique avoir loué il y a quelques mois un box à Toni Musulin à quelques centaines de mètres du parking de Transval et de la rue de Montagny. À 18 h 30 ce samedi, les policiers font basculer la porte métallique du box numéro 105. Sur le coup, ils ne distinguent pas grand-chose. Le box est exigu. Une kangoo blanche au capot ouvert obstrue le passage et la visibilité. Mais ils aperçoivent au fond une grande bâche de plastique bleue qui semble recouvrir quelque chose. Ils poussent la Kangoo en desserrant le frein à main. Ils soulèvent la bâche. Il y a là un tas d'un mètre cube de sacs plastique de billets et de cartons. Le directeur de la PJ de Lyon est sur les lieux en quelques minutes. Les enquêteurs veulent aller vite et éviter de se faire remarquer. Ils ne notent pas les traces de ciment frais sur la bâche bleue. Ils comptent rapidement le nombre de sacs et de cartons et les chargent dans leur voiture. Quarante sacs, neuf cartons. Le butin est ramené à la Banque de France. Il y a là 9,105 millions d'euros. 4,5 millions en billets de 50 euros dans les cartons. Et dans les sacs en plastique : 2,6 millions en billets de 20, 1,8 million en billets de 10, 45 000 en billets de 5. Les sacs de grosses coupures, de 500, 200 et 100 euros ont tous disparu. Ainsi qu'une partie des liasses de 50 et de 5 euros. Il manque en tout 2,5 millions d'euros. 35 500 billets.

La découverte du box numéro 105 donne un sens tout autre à l'enquête. En récupérant la majeure partie du butin, les enquêteurs ont rempli, pour part, leur mission. La pression change de nature. Et appuie désormais tout entière sur le personnage Musulin. Le convoyeur passe de suspect à cible. Une cible qui semble soudain à portée de main. Pour la première fois depuis la disparition de ce fourgon, ils ont repris la main. Ils connaissent sa planque. Ils n'ont plus qu'à l'attendre. Attendre que lui, ou l'un de ses complices éventuels, vienne récupérer l'argent. Dès le samedi soir, la police met en place une surveillance discrète du box. Elle devra être levée deux jours plus tard. La trouvaille est trop belle. Et les fuites sont immédiates. Un journaliste du *Progrès* a eu connaissance de cette histoire de planque dans la soirée même. Le lendemain, deux radios et une télé sont également au parfum. Le lundi, les policiers savent que l'information va sortir. Ils décident de lever la planque. La découverte du butin est publiée sur le site Internet du *Progrès* à la mi-journée. La PJ de Lyon se fend d'une conférence de presse dans la foulée. Les enquêteurs rattrapent le coup comme ils peuvent, en insistant sur cette découverte inespérée. La prise est belle et les photos, publiées dans les journaux, des millions retrouvés ressemblent à ces trophées de pêche miraculeuse. Loomis publie un communiqué de presse soulagé et reconnaissant aux services de la police judiciaire. Mais les enquêteurs savent que les choses vont se compliquer. La cible Musulin devient à nouveau insaisissable. De fait, ce lundi, le convoyeur assistera à l'annonce derrière un écran Internet. Sans cette nouvelle, il serait rentré au box. Finir le boulot. La cavale, pour lui, s'est confirmée d'une dépêche AFP.

Simple suspect, Musulin n'est pas sous le coup d'un mandat d'arrêt. Ce qui aurait permis à Interpol de l'inscrire sur une notice rouge. Diffusée à toutes les polices d'Europe, cette notice rouge autorise les services de police étrangers à arrêter l'individu recherché, puis à l'extrader vers la France. Or Toni Musulin ne fera l'objet que d'une simple notice bleue, utilisée pour recueillir d'éventuelles informations sur une personne. En l'occurrence, les policiers français demandent à leurs homologues étrangers une collaboration en termes de renseignements pouvant les aider à localiser son « lieu de séjour ». Mais ils n'ont pas le droit de l'arrêter. Sur cette notice bleue, il y a la photo de Toni Musulin, celle du jeune homme joufflu, ses empreintes digitales, et, juste en dessous, cette mention, soulignée : « Attention, cet individu est susceptible d'être armé, dangereux et violent. » Dans le détail, il y a ses mensurations, une description sommaire et l'exposé des faits qui lui valent d'être recherché. Il est précisé qu'il parle couramment serbe et qu'il est probable qu'il se rende dans les pays de l'ex-Yougoslavie. Particulièrement en Serbie. Les policiers ne pensent pas le revoir.

Dans les jours qui suivent, ils tentent de gratter la moindre callosité de la vie du convoyeur. Ils vont perquisitionner l'immeuble de sa SCI dans la Drôme. Sans rien trouver. L'exploration minutieuse de ses comptes en banque se révèle plus instructive. Toni Musulin n'était pas un convoyeur ordinaire. Les fax qui arrivent à l'hôtel de police déconstruisent le personnage de l'homme sans histoires feuille à feuille. Quatorze comptes bancaires et huit cartes de crédit, essentiellement des cartes pour hauts, voire très hauts revenus. Les fonds propres. Les retraits en liquide de plusieurs dizaines de milliers d'euros depuis l'été dernier. L'intérêt pour le tir. Et surtout, cette affaire de Ferrari sur laquelle enquête une gendarmerie de Savoie et qui semble, pour la première fois, caractériser aux yeux des enquêteurs un possible profil délinquant. Pendant ce temps, le double héroïque du convoyeur poursuit sa vie parallèle sur Internet. Robin des Bois devient Arsène Lupin. Toujours un voleur de riches. Et mieux, en cette période de crise financière, un voleur de banques. Il n'est plus gangster, mais justicier. Quelques jours après le casse, l'agence Car'Go de Villeurbanne se fend d'une campagne de communication dans laquelle elle se vante d'avoir été un des maillons du plan de Toni Musulin. Le convoyeur n'avait pas vu venir l'hystérie.

10

La cavale

Il pleut sur l'autoroute qui mène en Italie. D'une de ces pluies glacées de novembre. À peine sorti de l'agglomération lyonnaise, Toni Musulin est trempé. Et gelé. Les passages dans les tunnels le coupent par intermittence du froid. Il s'arrête dans les stations-service pour se réchauffer. Il gare sa moto « cul au mur », pour cacher la plaque, et entre boire un café. Dans une de ces stations-service, deux filles le regardent. Il s'en émeut quelques secondes. Pense même à leur sourire. Mais la paranoïa, cette compagne envahissante et utile qui ne va désormais plus le quitter, lui souffle à l'oreille que ces deux filles l'ont peut-être tout simplement reconnu. Il ne sait alors rien de ce qui se dit de lui. Il ignore si son nom circule. Pire, sa photo. A-t-on seulement parlé du casse ? Dans le doute, il ne traîne pas. Une heure plus tard, une fourgonnette de gendarmerie. Là, juste derrière lui. Elle le suit. Enfin, il n'en est pas sûr. C'est l'impression qu'il a. Il fait celui qui roule sereinement. Mais, persuadé que cette fourgonnette est là pour lui, pour l'arrêter, il échafaude une stratégie. Il va faire demi-tour, subitement, et repartir par la bande d'arrêt d'urgence. Il se demande où son plan a foiré. Comment il a été repéré. Il attend que les gendarmes tapis dans la fourgonnette passent à l'action. C'est à ce moment qu'il le fera. Il n'a plus d'autre choix. La fourgonnette le double. Elle est là, sur sa gauche. Toni Musulin tourne la tête. Au volant, un gendarme, un seul. Qui ne lui jette pas un regard et poursuit sa route.

La frontière se rapproche. La nuit est tombée. Dernier arrêt dans une station-service. Il a de plus en plus froid. Il ne sait pas quelle heure il est. Pour la première fois, il entend parler de lui à la radio. Enfin du « convoyeur ». Son nom n'est pas encore diffusé. Il boit son café l'oreille tendue. Il écoute des gens parler du casse autour du mur de distributeurs de café. Il précise qu'ils ont « l'air admiratifs et contents ». Il en rajoute : « Je suis heureux. Je réalise que j'ai foutu le merdier. » En réalité, à cette heure-là, le casse de la Loomis est à peine évoqué par les radios. Puis il repart. Il lui faut quitter la France. Vite. Il s'enfonce dans la vallée blanche, direction le tunnel du Mont-

Blanc. Moins fréquenté que le Fréjus. Moins surveillé aussi. Pense-t-il. Au juge, plus tard, il dira pourtant que c'était le Fréjus. « J'ai dit ça comme ça. » Toni Musulin monte au ralenti la rampe en lacet qui grimpe jusqu'à l'accès au tunnel depuis Chamonix. Il prend quelques secondes, à peine, pour observer les entrées dans le tube et les passages devant le poste de douane. Il y a beaucoup de camions. Quasiment que des camions. La douane est sur la droite. Deux semi-remorques s'approchent. Il se positionne à leur gauche. Et passe en même temps qu'eux. Il pénètre dans le tunnel doucement. De ce passage de la douane, où il risquait pourtant gros, comme souvent, il n'a conservé que la mémoire du corps. Il dit qu'il a eu chaud dans ce tunnel. Trop chaud. Que c'était insupportable sur les vêtements glacés. Qu'il se sentait mal. Et puis il y a la sortie. Personne à la douane italienne. Et le Val-d'Aoste qui s'ouvre devant lui. Il est à Turin en une grosse heure. Va directement à la gare. Laisse la moto sur un parking à deux roues. Seule sur un trottoir, elle serait trop vite repérée. Devant le guichet, un carabinier.

Toni Musulin commence à maîtriser son encombrante paranoïa. Il prend une respiration. Et un café en attendant que le carabinier s'éloigne du guichet. Dans la soirée, il monte dans le train de nuit pour Rome. Il a acheté un billet de seconde. Il ne fermera pas l'œil. Face à lui, une femme, roumaine, lui parle de son mari. Il arrive à Rome au petit matin. « J'étais encore sur mes gardes. » « Fatigué et à l'affût. » Il ne va pas très loin en sortant de la gare Termini. Suit à pied la ligne de tramway le long de la via Cavour qui descend à la vieille Rome. Et entre dans un des nombreux hôtels des rues adjacentes. Un trois étoiles international, semblable à ses voisins. Sur la façade, des drapeaux. Au sol, du marbre. Aux murs, des miroirs. À la réception, un employé. Toni Musulin demande une chambre. L'employé lui demande une pièce d'identité. Il n'avait pas pensé à ça. Il ne peut plus reculer. Il tend sa carte. L'employé entre son nom dans un ordinateur. Musulin ne le lâche pas des yeux. Il se demande à quoi correspond ce fichier. S'il est relié à un listing. Puis l'employé semble passer à autre chose. Il reste, dit-il, quatre jours dans cet hôtel assez luxueux.

En quatre jours, il n'entendra jamais parler de lui à la télévision italienne. Il sait, grâce à Internet, qu'en France, en revanche, il en est autrement. Il sait l'incroyable et imprévisible buzz autour de son nom. Chaque jour, il va regarder ce qui se dit sur lui dans un cybercafé de la via Cavour. Il tape son nom sur Google. Sur l'écran, apparaît généralement sa photo. Les commentaires de fans qui se mettent à créer des groupes sur Facebook. Ceux des journalistes qui commencent à gratter cette existence dont il avait travaillé la banalité. Et cloisonné chaque partie pour n'avoir de comptes à rendre à personne. Et voilà que ces mondes étaient confrontés, mis bout à bout, liés. N'importe comment. Les collègues de la Loomis, Hélène, la Serbie, et la part d'ombre, ou plutôt de paillettes, Ferrari et SCI. L'assemblage crée un personnage suspect. Le convoyeur avait une double vie. Il menait grand train. Il est peut-être lié à la mafia serbe. Il lit tout cela avec un mélange d'amusement et d'agacement. Il parle de la propension masturbatoire des journalistes. Mais il voit aussi les limites de ce casse médiatique qui n'a pas passé les frontières. La télé italienne ne parle pas de lui. Ce fragile anonymat lui permet de s'offrir des moments de repos et de réflexion. Il se dit que toute cette agitation autour de lui va se calmer. Forcément. Il se détend. Un peu. Dort. D'un œil. Sort. Pas loin. Il traîne dans le quartier de Termini. Il mange des glaces. De Rome, il se borne d'ailleurs à ne parler que des glaces. Et de la valise qu'il a achetée. De fait, les vendeurs de valises, autour de la gare, sont à peu près aussi nombreux que les hôteliers. Il dit que c'était « une belle valise, avec des roulettes ». Et qu'il l'a payée « assez chère ». Il se garde en revanche de préciser ce qu'il met dedans.

Toni Musulin soutient n'être parti qu'avec mille euros sur lui. Et quelques effets personnels. Très peu, dit-il. Il a même été « obligé » de s'acheter du dentifrice. Et pas mal d'autres choses si l'on en croit les scellés des objets retrouvés sur lui lors de sa reddition. Plus tard, durant l'enquête, il ne se souviendra plus du nom de l'hôtel de Rome. Si ce n'est que cela commençait par un « T ». Et que c'était vers la gare. L'agent de police chargé de recouper ses déclarations ne retrouvera pas l'hôtel en question. Les enquêteurs et le juge en déduiront que Toni Musulin n'est jamais allé à Rome.

Chaque jour depuis qu'il séjourne dans la capitale italienne, il va se brancher sur Internet au cybercafé de la via Cavour. Il tape son nom dans Google. Le lundi, le monde s'écroule. Le butin de Toni Musulin a été retrouvé. 9,1 millions d'euros. Dans un box loué sous un faux nom dans le 8e arrondissement de Lyon. Ce qu'il pensait encore maîtriser lui échappe. Il devient « comme fou », dit-il. Il ne comprend pas. L'information, en fuitant, lui a évité de rentrer se faire cueillir. Ce constat ne l'apaise pas. « Je me pose mille questions. Je cherche, je cherche quelle erreur j'ai commise. » Il ne sait pas encore comment le box a été repéré. Il pense au propriétaire du box, mais c'est peut-être autre chose, quelqu'un d'autre. Qui ? Le casse du siècle est terminé. Sans l'être tout à fait. Il n'y a plus 11,6 millions à aller récupérer. La cavale a changé de nature. La simple mise au vert de précaution devient une fuite sans destination. Toni Musulin sait qu'il ne pourra plus reprendre la main. Il part à Naples. En train. S'enfonçant ainsi plus profondément dans cette botte italienne. Il pense à son mur et se demande s'ils l'ont trouvé.

Il ne donnera aucune explication sur ce voyage. Aucune autre en tout cas que celle qu'il décrira aux experts psychiatres : « J'étais un peu perdu, dépassé par la médiatisation. Je ne savais pas où aller et je me suis dit que j'allais aller plus loin. » Explication qui ne convaincra personne. Et surtout pas le juge d'instruction. Naples n'est pas une ville d'errance. Naples est une ville suspecte pour un voleur en fuite. Pour Musulin en particulier. Car Naples est, entre autres, une plaque tournante pour des trafics de voitures avec le Monténégro. Un business qui n'est pas totalement étranger à Musulin. Il a revendu en Serbie quelques voitures, en amateur, au tournant des années 2000. Plus récemment. Très récemment, sa dernière Ferrari a été repérée au Monténégro. Le détail n'a pas échappé aux enquêteurs de la brigade de répression du banditisme. Ils le soupçonnent d'avoir vu des gens durant son séjour à Naples. Peut-être même de leur avoir donné ici l'argent manquant au butin. Au moins une partie. Comme pour Rome, Toni Musulin élude en expliquant avoir mangé des glaces à Naples. Il dit aussi qu'il voulait voir la baie mythique. Il parle de la ville en brandissant les poncifs de ceux qui n'y ont jamais mis les pieds. Il dit : « C'est très pauvre. » « Il y a des quartiers chauds. » Toni Musulin était pourtant bien à Naples cette deuxième semaine de novembre 2009. Les registres de l'hôtel Odéon de la via Silvio Spaventa l'attestent. Le réceptionniste se souvient de lui. « À cause de son nom qui ressemble à Mussolini. » Il avait demandé une chambre simple. Il y est resté six jours. Plus tard, quelqu'un de la police française appellera l'hôtel à propos de Musulin. « Je ne sais pas pourquoi, ils ont voulu directement parler au directeur. Ils voulaient juste savoir s'il avait bien dormi là. » Le réceptionniste se rappelle ce type baraqué, discret et taiseux qui ne parlait pas bien italien. À Naples, Toni Musulin a pris garde de ne pas reproduire l'erreur de choisir un hôtel moderne aux fichiers informatisés. Il a pris une chambre dans un petit établissement à deux pas de la gare. L'hôtel Odéon compte une dizaine de chambres réparties à l'étage. Depuis celle de Musulin, on voit une vierge illuminée posée dans la cour de l'immeuble. Le confort est rudimentaire. Les murs, lézardés. Les portes de douches, dégondées. Le décor, dépareillé. Les canapés Ikea début de gamme côtoient les rideaux d'avant l'invention d'Ikea. Musulin se souvient de s'être ennuyé ici. Il s'est acheté un lecteur DVD portable pour s'occuper. Il a aussi fait « d'autres choses ». « Mon sac est resté six jours dans la chambre de l'hôtel. Moi, je me suis peut-être un peu promené. » Le réceptionniste inscrit son nom sur le registre papier. Il n'y a pas d'ordinateur à l'hôtel Odéon. Le téléphone interne fonctionne avec des câbles gainés de tissu que l'on branche pour se connecter sur un poste ou un autre. Pour l'accès à Internet, il faut aller dans la rue d'à côté, dans un petit cybercafé turc. Toni Musulin s'y rend quotidiennement.

Durant son séjour à Naples, il n'apprend rien qu'il ne sache déjà sur l'avancée de l'enquête. Les informations le concernant s'épuisent dans les recoins de sa vie et de ses comptes en banque. Le butin retrouvé n'a pas vraiment altéré l'admiration de ceux qui ont fait de lui de forums de discussions vaines en improbables groupes de fans une sorte d'Arsène Lupin qui ne lui ressemble en rien. Son casse lui a déjà échappé. Sa vie est en train de suivre le même chemin. Toni Musulin est une proie pour la police. Un personnage pour les autres. Lui qui aime tant tout maîtriser. Ne rien donner de lui aux autres. Il vient de se faire dépouiller de lui-même. Il dit : « J'ai échoué. » Et il commence à penser à se rendre. L'idée mûrit au fur et à mesure que toute autre forme d'échappatoire disparaît. Il dit qu'il n'a plus d'argent. Et donc plus le choix. Il ne veut toujours pas parler des 2,5 millions. Il remonte à Turin, *via* Milan. En train. Il retrouve sa moto. Déplacée. Entre-temps, le pavement du parking a été refait. Les cantonniers ont posé la moto un peu plus loin. Il transfère ses affaires dans le top-case de la moto. Il précise qu'il laisse sa valise, vide, sur le trottoir. Celle à roulettes qu'il avait achetée à Rome assez cher. Ça l'ennuie cette histoire de valise. « C'est con de la laisser là, elle est neuve. »

Après ce sursaut de précision, son récit se perd à nouveau dans la confusion. Il voulait, dit-il, se rendre à Lyon. Il voulait regagner la France par le tunnel de Fréjus. Il arrive en fait à Monaco. Mais par l'ouest. « Je me suis perdu. » Il n'avait pas de carte, et se dirigeait « aux panneaux ». C'est, assure-t-il, en voyant une pancarte indiquant la direction de Nice qu'il comprend son erreur. Et qu'il pense à Monaco. Parce qu'il aime bien Monaco. Ses explications ne s'embarrassent pas d'un souci de crédibilité mais elles ont toujours une finalité. En l'occurrence, justifier les centaines de kilomètres en trop sur le compteur de sa moto. 672 exactement, ont calculé les enquêteurs en recoupant le kilométrage de la moto et les trajets qu'il dit avoir parcourus. Beaucoup pour quelques sorties d'autoroute ratées. Pas assez pour aller et revenir à Zagreb ou Belgrade depuis Turin. À moins d'avoir pris le bateau. Et d'autres moyens de locomotions. À son procès, le président du tribunal le relancera sur ces 672 kilomètres. Musulin s'énervera. Haussant les épaules d'exaspération. « Je me suis perdu, je vous dis. » Le président le tance. Lui demande s'il n'aurait pas, par hasard, poussé l'égarement jusqu'en Serbie.

11

Monaco

Lundi 16 novembre. Il est 11 h 30. Toni Musulin entre dans Monaco sur sa BMW par la route de la Moyenne-Corniche. Par l'ouest donc. Il porte un blouson recouvert d'un gilet de sécurité jaune et un casque intégral. Il y a plus de quatre cents caméras de vidéosurveillance à Monaco. Une ville entière sans angle mort. Les caméras, électroniques et mobiles, « intelligentes », disent les autorités monégasques, peuvent suivre un individu à la trace. Elles scrutent les rues, les immeubles, elles peuvent même zoomer sur un point précis. Elles captent la circulation, les plaques d'immatriculation. Elles sont aussi dans les ascenseurs, les couloirs des galeries marchandes. Elles sont les yeux de la police monégasque. Et l'une des fiertés de la principauté. Dans le dossier de Toni Musulin, s'étalent des photos un peu floues, arrêts sur image tirés de cette incroyable machine à filmer la ville. L'arsenal vidéo n'apprendra rien aux enquêteurs sur les raisons qui ont conduit le convoyeur à venir se rendre sur le Rocher. Il n'a poussé la porte d'aucune banque. Il n'est pas allé au casino. Il n'a rencontré personne. Les enquêteurs ne comprendront pas. Toni Musulin ignore qu'une reddition à Monaco, n'est pas exactement une reddition en France. Il ne connaît rien à la question des extraditions. Et ne sait pas que la police monégasque ne peut légalement procéder à son arrestation. Il apprendra cela plus tard. Grâce à ses avocats. Ce lundi midi, il est loin de tout cela. Il s'apprête juste à sauter dans le vide. Il s'apprête à la prison. Il se dit qu'il est prêt. Mais sait aussi qu'on ne l'est jamais vraiment. Alors il tourne. Il traîne. Il prie même. Il tente d'étirer les derniers instants de cette liberté qui n'en est plus une.

Les images monégasques racontent ces moments d'errance avant le saut. Là, il est 11 h 34, il est au square Lamarck. Là, 11 h 39, avenue de la Princesse-Charlotte. Il descend vers la place Sainte-Dévote. À Monaco, Toni Musulin est allé à l'église. Il est allé prier à sainte Dévote. Minuscule tache blanche posée au fond du vallon des Gaumates, qui semble comme mangée par les hauteurs monégasques. À l'aplomb écrasant d'un autopont et d'une falaise. Un lieu important pour les Monégasques. Sainte Dévote était une martyre chrétienne corse dont le corps, placé sur une barque, et guidé par une blanche colombe, avait échoué dans ce vallon, au début du IVe siècle. Les Monégasques avaient offert aux reliques de la sainte dame un oratoire. Ils en furent remerciés par une série de miracles qui fit la renommée des lieux. Jusqu'à ce qu'un voleur, quelques siècles plus tard, ne vienne une nuit dérober les reliques et tenter de s'enfuir avec. Le voleur n'alla pas très loin. Des pêcheurs monégasques partis à sa poursuite le rattrapèrent tout près des côtes et brûlèrent sa barque. Depuis, une fois l'an, le 26 janvier, les Monégasques brûlent à leur tour une barque pour célébrer leur sainte et conjurer l'esprit du voleur. Toni Musulin ne connaissait pas l'histoire du voleur de Monaco. Mais il connaissait depuis longtemps cette petite église, dont le nom a rebaptisé un virage du grand prix de Formule 1. Il venait régulièrement sur le Rocher. Avec sa Ferrari et sa femme. Il allait au casino mais ne jouait jamais parce qu'il n'aime pas perdre. Il allait en client au garage Ferrari. Et parfois au Salon du yacht. Il précise qu'il faut être fou pour acheter des bateaux à ce prix-là. Il aimait être à Monaco sans en être. Observer l'argent et ceux qui s'en repaissent avec ostentation. Pas comme lui. Il dit qu'il n'a rien d'autre à dire sur cette ville. Pourtant, c'est ici, qu'il y a plus de quarante ans, son père, Vinko Musulin, avait débarqué au matin, d'un bateau en provenance de la Croatie.

Mais de cela, le fils ne veut pas parler. Il assure ignorer que son père était arrivé en France par cet endroit. Qu'il a juste « une affection » pour ce Rocher rutilant.

Ce lundi, Toni Musulin reste longtemps dans l'église. Pas loin d'une heure. Hors champ des caméras. Vers 12 h 30, il est à nouveau accroché par les yeux électroniques de la police monégasque. Les images le montrent remonter la rue Grimaldi. Il est à pied. Il semble perdu. Il s'arrête devant un immeuble qui s'appelle Le Panorama, où il discute avec un homme sur le trottoir. Identifié et interrogé plus tard sur ce bref échange, l'agent de nettoyage de l'immeuble expliquera que Musulin cherchait le commissariat de Monaco. Avant, il fait un détour par la rue de la Princesse-Florentine. Devant la concession Ferrari. Encore un détour par la vie d'avant. Il regarde. Comme ça. Et poursuit son chemin. Sur la dernière image produite par les caméras monégasques, il est 12 h 45. Toni Musulin a une casquette trop enfoncée sur la tête. Il est habillé de noir. Il a les épaules repliées sur son torse. Comme pour s'effacer de l'image. Il ne sait pas trop comment entrer dans le rôle de cet autre Toni Musulin, celui du casseur devenu célèbre. Il connaît mal le personnage. Toni Musulin, le vrai, est devant la porte du commissariat de Monaco. Il sonne. Sonne à nouveau. Parce que personne ne répond. Un policier lui ouvre. Il explique être recherché par la police française en tendant sa carte d'identité. Les policiers monégasques sont incrédules. Ils sortent la notice bleue d'Interpol sur le cas Musulin. Comparent la photo et l'individu taiseux qui leur fait face. Vérifient ses empreintes. Ils préviennent la police judicaire de Lyon. Et notent que l'individu est « venu se constituer prisonnier ».

Toni Musulin est photographié pour la première fois par l'identité judiciaire monégasque. Sur les clichés, il a perdu ses bajoues et ne ressemble plus guère à la bouille ronde et juvénile dupliquée à l'infini sur Internet. Il a perdu cette jovialité qui ne semble avoir existé que sur cette photo extirpée de son dossier professionnel et donné à la presse par la PJ. Une barbe naissante lui émacie le visage. Le gris sur le crâne lui rend son âge réel. Et même quelques années de plus. Sur le cliché en pied, un pull noir rentré dans un pantalon noir, tronc massif planté sur une paire de cuisses arquées par sa musculature, il ressemble à un agent de sécurité. Il tient entre ses mains une plaque avec le numéro 17135, Monaco. Les policiers, qui ont entre-temps récupéré sa moto, consignent précisément tout ce qu'ils retrouvent en sa possession. Inventaire à la Prévert où se mêlent indices sciemment laissés là (un billet de train Naples-Milan daté de la veille), pièces suspectes (un GPS dont la carte mémoire a été retirée, un téléphone sans carte SIM) et objets divers qui disent des bribes de la vie de Musulin mais pas grand-chose de sa cavale. Il aurait pu jeter son GPS, il a préféré le laisser sans sa carte mémoire. Il sourit de ce jeu de piste fragmentaire dont il devine l'effet exaspérant pour qui tenterait d'y trouver des réponses. Toni Musulin avait aussi sur lui des clés, ses papiers, son impressionnant éventail de cartes de crédit de luxe. Il avait dans une pochette chemise ses chéquiers et une pile de paperasse administrative (fiches de paies notamment). Il avait des vêtements de rechange. Des vêtements de motard. Le lecteur DVD portable qu'il s'était acheté à Naples pour tromper l'ennui et chasser l'angoisse. Il avait une ceinture dorsale pour protéger son dos de motard. Il avait une carte de téléphone. Une carte routière de l'Europe. Et quelques billets en monnaies diverses : 125 euros, 241 dollars, 200 livres sterling et même 360 francs français. Les policiers monégasques lui font signer l'inventaire sans commentaire.

Toni Musulin est fouillé et placé dans une cellule qui ne ressemble pas à une cellule. Il se souvient d'une pièce blanche avec des portes coulissantes. Pièce fermée. Le peu de temps où il reste dans cette cellule, une vingtaine de personnes, des policiers pour la plupart, passent la tête. Ils veulent voir le convoyeur. Certains, raconte Musulin, le prennent en photo avec leurs téléphones. Il parle d'un « défilé ». N'a pas de mauvais souvenir de ces instants suspendus, entre reddition et détention. Il n'a pas encore basculé dans l'après. Les policiers lui offrent un sandwich. Et finissent par le conduire dans un bureau. Ils ne le questionnent pas sur le casse. Ni sur la cavale. La notice bleue d'Interpol est claire sur ce point : ne pas interroger le suspect sur les faits, le placer en garde à vue. Au bas de la notice, il y a aussi une mise en garde : l'individu est dangereux, armé et violent. La prévention n'effraie pas les Monégasques qui ont d'autres priorités. Ils veulent surtout savoir ce que le convoyeur faisait en principauté. Était-il en affaire avec des banques ? A-t-il dormi dans un hôtel de Monaco ? A-t-il eu des contacts sur place ? Les questions sur les banques sont les plus pressantes. Les policiers lancent immédiatement une recherche auprès des établissements bancaires basés à Monaco. Banques d'affaires, banques françaises classiques disposant d'une succursale monégasque. Il leur revient une pile d'attestations de ces banques indiquant toutes qu'elles ne connaissent pas Toni Musulin. Ils lancent une autre recherche pour reconstituer son parcours *via* le système de vidéosurveillance du Rocher. Les policiers lui demandent s'il est d'accord pour être remis aux autorités françaises. Il se souvient d'avoir signé un papier en ce sens. On le fait ensuite descendre dans un garage. Accompagné de quatre policiers monégasques, il est conduit sur le parking du Jardin exotique, jardin botanique de plantes succulentes perché sur les falaises en hauteur de Monaco. Point frontière avec la commune française du Cap-d'Ail.

La police française l'attend là. Il est 15 h 30. Le gratin de la police judiciaire niçoise a fait le déplacement. Avec eux, un agent de la police judiciaire de Lyon, en mission dans la région pour une autre affaire, a été mandaté en urgence par sa hiérarchie afin d'aller réceptionner le convoyeur en mains propres et au plus vite. Les policiers monégasques remettent le suspect, sa moto et ses affaires aux policiers français. Il est 15 h 35. Toni Musulin regrette de s'être rendu. Plus tard, comme pour conjurer ce geste, il contestera les conditions de sa remise aux services de police français. Ses avocats disposeront d'un boulevard pour soulever la nullité de la procédure en dénonçant une extradition déguisée. À 15 h 35, les policiers ont notifié à Toni Musulin son placement en garde à vue en la faisant rétroagir deux heures plus tôt, à l'heure à laquelle il s'était rendu aux autorités monégasques. Le suspect leur a été livré sous contrainte et, à ce titre, selon ses avocats, il aurait dû faire l'objet d'une procédure d'extradition, c'est-à-dire d'une demande de la France à Monaco par voie diplomatique et non d'un simple échange sur un parking. Cela aurait pris du temps. Peut-être des mois. Des mois durant lesquels il serait resté à

Monaco, et n'aurait pas pu être interrogé par la police française. Musulin dit maintenant que c'était comme cela qu'il avait imaginé les choses. Mais cela ne s'est pas déroulé ainsi. Et la justice a rejeté les requêtes en nullité déposées sur ces motifs par ses avocats. Le convoyeur ayant à ce moment-là accepté d'être livré aux autorités françaises.

Le ton du récit de Musulin se casse au moment précis où il passe entre les mains de la police française. Dans ce Jardin exotique où il change de menottes. Il dit avoir repéré à ce détail qu'on ne lui ferait désormais aucun cadeau. Et s'aperçoit vite qu'il n'est pas pour tout le monde le héros aperçu sur Internet depuis son cybercafé napolitain. Il ressent de l'« animosité » à son égard. Son récit se tend. Ses mots claquent. Son univers se réduit à sa relation avec les policiers. Il n'y a plus d'extérieur. Plus de décor. Rien d'autre que cette tension. Avant de le faire asseoir dans le véhicule qui doit le ramener au commissariat de Nice, les policiers français le menottent « par-derrière ». « Ils ont serré fort sans mettre le cran de sécurité. À chaque fois que je bougeais, les menottes se resserraient d'un cran. Le sang ne circulait plus. Je sentais mes doigts s'engourdir. Je me plaignais mais ils ne voulaient rien entendre. J'ai fini par menacer. J'ai prévenu que j'allais casser la vitre avec ma tête. C'est seulement là qu'ils ont finalement desserré les menottes et mis le cran. » Il dit que personne, à ce moment-là, ne l'a informé de ses droits. Au commissariat de Monaco, Toni Musulin avait signé l'ensemble des documents qui lui avaient été soumis. Il avait répondu aux questions qui lui avaient été posées. Il avait même plaisanté avec certains policiers. Arrivé dans les locaux de la police judiciaire de Nice, il refuse dès le départ de signer quoi que ce soit. À commencer par le procès-verbal lui signifiant son placement en garde à vue. Il refuse de voir un avocat et un médecin. Il refuse que sa famille soit prévenue. Il se déclare sans profession. Et sans domicile.

Durant l'après-midi à Nice, il accompagne les policiers pour refaire l'inventaire de ses effets personnels et procéder aux constatations d'usage sur sa moto. Pendant ce temps, le commandant Jacques Chabroulin, de la brigade de répression du bandistisme (BRB) de Lyon, assisté de deux officiers de police judiciaire, sont en route pour Nice. À 19 h 15, ils ont récupéré Toni Musulin. Ils mettront peu de temps pour rentrer à Lyon. Musulin décrit encore avec colère son trajet à bord de la Citroën C5 noire de la police judiciaire. La vitesse à laquelle le véhicule regagne Lyon sur la file de gauche de l'autoroute le conforte dans l'impression qu'il ne sera pas un interpellé comme un autre. Il dit sentir une excitation et un stress particulier chez les policiers qui le convoient. Il les teste. Et réciproquement. Les dialogues rapportés par Musulin ressemblent à des échanges de paires de gifles. « J'ai soif. » « Tu bois pas. » « J'ai envie de pisser. » « Tu pisses pas. » Musulin raconte qu'il aura finalement gain de cause sur cette dernière requête après avoir menacé d'uriner dans la voiture et harcelé les policiers à coups de pied dans le siège avant. Mais il sait désormais que tout se négociera. Qu'il faudra se battre. Il sait que la fin de la liberté ressemble à ça : uriner menotté sur une aire d'autoroute, tenu en laisse de sécurité par un officier de police qu'il vient d'insulter. Il parle de la haine qui envahit tout après l'humiliation. Il en parle avec rage.

Toni Musulin arrive à l'hôtel de police peu avant 23 heures. Il dit qu'il a l'impression d'être « au cirque Pinder ». Il y a du monde. Beaucoup de monde. « La salle s'est vite remplie, il y avait d'autres policiers et des gradés en costume qui arrivaient. C'était un peu la fête à neuneu. On venait me voir. » Un policier le conduit à la fenêtre et lui montre les journalistes devant l'hôtel de police. Il y a sur le parking plusieurs camions régie TV surmontés de paraboles, des caméras allumées, une agitation. « Les flics essayaient de me flatter. Ils me disaient que j'avais réussi un truc incroyable. Qu'il y a des gens qui essaient pendant des années de devenir ça. Ils me disaient que j'étais un crack. » Musulin est trop méfiant pour se laisser griser. Il est sur ses gardes. Il n'a pas oublié les moments passés en voiture. La rancune ne le quittera pas. Mais, au milieu de ces gens qu'il ne connaît pas et dont il semble être l'attraction, il commence pourtant à se détendre. Il prend un peu de recul. Retrouve son humour. Le ton s'arrondit. Il se fait narquois. Il décharge une partie de la violence emmagasinée. Relève la tête. Et reprend ainsi un peu son histoire en main.

Sa première audition a lieu à 23 h 15. Toni Musulin commence par accepter de répondre aux simples questions d'usage. Il décline son identité, sa profession, son adresse. Cela ne dure pas longtemps. Au bout de quelques minutes, il est déjà imprécis. Le flot de ses réponses s'assèche très rapidement. Il explique qu'il a le bac mais qu'il ne se souvient plus de la série. Qu'il ne sait pas pourquoi il n'a pas fait son service militaire. Qu'il ne se souvient pas s'il a un permis de port d'arme personnel. Il refuse ensuite de dire s'il possède un abonnement téléphonique ou une voiture. Refuse de donner le montant de son salaire. Puis refuse de parler tout court. Et pour finir, de signer ce procès-verbal de garde à vue. Le flux est tari. Toni Musulin est braqué. Sur les procès-verbaux de sa garde à vue, sous les innombrables questions, les policiers vont inscrire inlassablement : « Mutisme de l'intéressé. »

« Au départ, ce n'était pas une stratégie de défense. Je ne reconnaissais pas leur autorité.

J'avais donc décidé de ne pas leur parler. » À l'issue de ce premier interrogatoire, Musulin revient sur ses premières intentions formulées à Nice. Finalement, il veut pouvoir s'entretenir avec un avocat. Le Code de procédure pénale donne le droit à un entretien de trente minutes, en dehors des interrogatoires où il est forcément seul. Il demande « son » avocat, avec l'assurance de celui qui a l'habitude de s'offrir des conseils. Il désigne Me Christophe Cottet-Bretonnier, avocat au barreau de Lyon. L'avocat qu'il avait mandaté six mois plus tôt pour s'occuper de son affaire de Ferrari volée. Musulin lui fait confiance. Il n'aime pas avoir affaire à des inconnus. Et se méfie des trop connus. Les deux hommes ne s'étaient qu'entrevus, sur un dossier qui semblait alors un banal vol de voiture de luxe. Christophe Cottet-Bretonnier est associé d'un cabinet généraliste lyonnais. Toni Musulin avait été un client comme un autre. Il avait été une affaire courante. Puis cessé de l'être un dimanche matin de novembre lorsque l'avocat était tombé sur un article du *Journal du dimanche* relatant le casse de la Loomis. L'avocat ignorait jusqu'ici que son client était convoyeur. Mais, ce dimanche matin, il fait le rapprochement entre le nom de Musulin, la photo et ce détail qui marque au fer rouge le patrimoine du convoyeur : il avait eu une Ferrari. Le dossier de la voiture volée revient en mémoire à l'avocat. Christophe Cottet-Bretonnier se dit qu'il ne reverra certainement jamais cet homme. Jusqu'à ce qu'il entende quinze jours plus tard la nouvelle de sa reddition au journal télévisé du soir. Il se tient alors prêt. En fin de soirée, son téléphone sonne.

Lorsqu'il arrive à l'hôtel de police, Christophe Cottet-Bretonnier s'attend à rencontrer un autre Musulin que celui qu'il connaît. Il est curieux. Et, de son propre aveu, un peu excité de retrouver ce personnage dont tout le monde parle désormais. Il se dit qu'il aura changé. Forcément. L'avocat est surpris de retrouver à l'hôtel de police exactement le même homme. Un type taiseux à l'air serein. Un peu fatigué peut-être. Musulin demande à son avocat ce qu'il risque. C'est sa première question. Il n'est pas inquiet, il sait qu'il n'a pas commis de braquage. Qu'il n'a pas utilisé d'arme. Qu'il n'a pas eu recours à la violence. L'avocat reste prudent. Il lui explique que, s'il s'agit réellement d'un vol simple, il n'encourt en effet « que » trois ans de prison. Mais il insiste sur le fait que tout changerait en cas de circonstances aggravantes. Comme des complicités. Musulin paraît sûr de lui. Il n'est encore pas question de l'histoire de la Ferrari. Il raconte qu'il a refusé de parler aux policiers. Son avocat le conforte dans sa stratégie. Il lui explique que le silence est un droit, peut-être même le seul qu'il a pour lui à ce moment-là. Le met en garde contre les phrases maladroites ou les aveux qui auront une place capitale dans la suite de la procédure. L'avocat lui précise qu'il aura tout loisir de s'exprimer sereinement plus tard devant un juge d'instruction, en dehors du contexte de la garde à vue, quand ils auront connaissance du dossier. Durant la garde à vue, la défense n'a pas accès au dossier. Elle sait simplement quels sont les faits reprochés. En l'occurrence un vol simple. Mais elle ignore ce que savent les enquêteurs, les éléments, les témoignages dont ils disposent. Il n'y a donc pas d'urgence à parler. Au contraire. Christophe Cottet-Bretonnier n'est pas inquiet. Il sait que son client n'est pas un incontinent verbal. Et qu'il a suffisamment de détermination pour ne pas craquer sous la pression. Toni Musulin aborde les auditions suivantes sûr de lui. Il s'amuse à observer les techniques d'interrogatoire de la police. « Ils étaient trois : le méchant, le médiateur et le gentil. Le méchant mène. C'est lui qui pose les questions. Ça ne s'est pas bien passé avec lui. Alors, à la fin, le gentil a pris le relais. Mais ça n'a pas mieux marché. » Il raconte la scène avec une certaine fierté. Il aime maîtriser la situation. Il aime se moquer des flics. S'il peut en les rabaissant un peu au passage. Il n'a pas oublié le trajet Monaco-Lyon.

Toni Musulin est surpris lorsqu'on le fait changer d'étage pour l'interroger sur son affaire de Ferrari. Il ne comprend pas l'intérêt manifeste des policiers pour ce dossier. On lui explique qu'il y a de gros doutes sur la véracité de ses déclarations aux gendarmes concernant le vol. Il est étonné que les policiers soient autant renseignés sur cette affaire vieille de six mois. Il ignorait qu'une enquête aussi poussée avait été menée. « Un flic m'a dit que j'allais l'avoir dans l'os. » Mais Toni Musulin ne mesure pas encore l'enjeu de cette histoire de Ferrari. Il a juste le sentiment qu'on tente de l'attaquer sur tous les fronts. Qu'on le pilonne un peu au hasard. Au bout de quarante-huit heures de garde à vue et cinq auditions durant lesquelles il n'a pas daigné prononcer un seul mot ni signer le moindre procès-verbal, Toni Musulin est déféré au parquet de Lyon et présenté à un juge d'instruction. Le mercredi 18 novembre à 14 heures, le magistrat Dominique Brault lui signifie sa mise en examen pour le vol du fourgon blindé de la Loomis. Mais également pour tentative d'escroquerie à l'assurance sur sa Ferrari. Son avocat lui explique que la peine maximale encourue n'est plus de trois ans mais de cinq ans. Toni Musulin n'avait pas imaginé ce que lui coûterait cette Ferrari. Il est assommé. Il est en colère. Il a compris que la justice allait se servir du quantum de la Ferrari pour alourdir la peine. Ils veulent le réduire en bouillie en mélangeant tout. Les pièces de sa vie qu'il avait jusqu'ici pris soin d'isoler les unes des autres se retrouvent désormais assemblées là par des gens qui ne le connaissent pas. N'importe comment. Ils vont se faire des idées. D'ailleurs, ça a déjà commencé. Les journaux font leurs choux gras de la Ferrari. Les gens sont jaloux. Ils n'aiment pas qu'un convoyeur roule dans une voiture pareille. Il s'est toujours méfié du regard des autres. Parce qu'il savait bien, au fond, que cette Ferrari allait finir un jour par lui attirer des ennuis.

12

La Ferrari

Quand il était convoyeur, Toni Musulin se déplaçait à vélo. Sinon, il préférait rouler en Ferrari. Il en a possédé deux. Rouges. Récentes. Voyantes. La première, c'était une F360 Modena, achetée à l'état de quasi-épave. La seconde, une F430. Il voit là la preuve qu'il n'était pas si pingre qu'on le prétend. Il dit qu'il a toujours su « se payer » ses plaisirs. Au club de sport de Villeurbanne qu'il fréquentait assidûment, il passait pour un entrepreneur, propriétaire d'une brasserie et investissant dans l'immobilier. Le responsable dit : « Il surprenait tout le monde, il venait au club soit en vélo, soit à bord d'une Ferrari immatriculée en 45. » Au volant de son bolide, Toni Musulin n'était plus convoyeur. Il était commerçant. Souvent, il précisait à ses interlocuteurs : « Restaurateur. » Il avait une excuse pour s'inventer une autre profession que la sienne. Une excuse de convoyeur. Il aurait pu, comme beaucoup, se contenter de la banale couverture d'agent de sécurité. Restaurateur, c'était plus crédible au volant d'une voiture à plus de 100 000 euros. Il ne commettait là qu'un demi-mensonge. Il s'appropriait l'activité d'Hélène. Avec là toujours une excuse. « Je l'aidais beaucoup », dira-t-il plus tard au juge. Un détail qui semble avoir échappé à son ex-compagne. Lors de son unique audition par les policiers, elle dira qu'il ne faisait rien au restaurant parce qu'il n'aimait ni les gens ni la fumée de cigarette. Devant le juge, il aura aussi cette curieuse phrase, qui dit toute son obsession à cloisonner sa vie : « Mon travail, pour moi, est d'ordre privé. » En changeant sa profession, Toni Musulin change tout court. Il est un homme dans la réussite. Sûr de lui. Presque affable. Lorsqu'il dit « restaurateur », personne n'entend patron d'un bar-resto-plat du jour à Villeurbanne mais plutôt propriétaire de restaurant à Lyon. Sa profession d'emprunt se marie mieux à sa Ferrari. Le vieux vélo appartient au convoyeur. Le convoyeur n'existe que 35 heures par semaine. De 8 h 30 à 17 h 30. Il dit : « J'étais le type à vélo. » Comme pour faire comprendre qu'il aurait pu tout à fait être quelqu'un d'autre. Quelqu'un de riche. Comme ceux qu'il croisait et observait à Monaco ou ailleurs. Pour mieux les mépriser. « Je n'aime pas les cravatés. Je suis bien en bas, tant que j'ai la tête relevée. L'argent me donne juste le choix. Le choix de vivre comme je l'entends. L'argent, ce n'est qu'un carburant. Ça sert à avancer. Quand on n'en a plus, on s'arrête. C'est un risque aussi, quand on a plus que les autres, on risque plus que les autres. » Il raconte qu'il a toujours inspiré déférence aux banquiers. Il explique tout ce qu'on peut faire avec une carte Black comme la sienne. Qu'elle dispose de deux codes secrets différents et que l'on peut retirer plusieurs dizaines de milliers d'euros avec. Et finalement, il concède : « C'est vrai que j'ai un rapport particulier à l'argent. »

Toni Musulin a acheté sa dernière Ferrari dans une vente aux enchères à Orléans le 13 mars 2008 pour 112 065 euros. Le commissaire-priseur se souvient de lui. Ils avaient un peu discuté ensemble. « M. Musulin », de ce qu'il lui avait dit, était « propriétaire d'une grande table dans la région lyonnaise ». Il lui avait d'ailleurs lancé une invitation à venir dîner dans son établissement s'il venait à passer à Lyon. Toni Musulin avait réglé les 112 065 euros avec deux chèques, un du CIC et l'autre de la Caisse d'Épargne. « Il n'y avait eu aucun problème pour le règlement. Tout s'était fait le plus simplement du monde », se souvient le commissaire-priseur. Plus tard, le juge demandera à Musulin avec quel argent il avait réussi à acheter cette Ferrari. Il aura toujours la même réponse. « J'ai pu l'acheter grâce à l'argent de mon travail. Cela fait vingt-trois ans que je travaille. » Toni Musulin précisera qu'il n'a pris aucun crédit pour cet achat. La Ferrari provenait de la liquidation judiciaire d'une société de location de voitures de luxe. Une société semblable à celle qu'il disait parfois posséder « dans le nord de la France ». Il avait parlé de cette société à Hélène. C'est elle qui en a rapporté l'existence aux policiers. Disant qu'elle ne savait rien de plus. Pour cause. Toni Musulin n'a jamais eu de société de location de voitures de luxe à son actif. Mais cela lui permettait d'expliquer sans trop avoir à se justifier la présence d'une Ferrari dans son patrimoine. Cela lui permettait de justifier aussi des besoins de déplacements réguliers. Des absences de plusieurs jours. Lorsqu'il l'a acheté, le bolide, qui servait à des baptêmes sur circuit, avait déjà plus de 90 000 kilomètres au compteur. Ce qui fera dire plus tard à l'expert de l'assurance, que Musulin avait payé cette Ferrari bien trop cher. Avec ce kilométrage, elle n'était même pas revendable. La remarque a piqué Musulin. Il maintient qu'il a fait là une bonne affaire. Et qu'il n'est pas du genre à se faire rouler. Même s'il y a eu, de fait, quelques réparations dans les semaines qui ont suivi l'acquisition du véhicule. En mars, une fuite d'eau à 300 euros. Et encore un mois plus tard une fuite d'huile à plus de 1 500 euros. À chaque fois, racontera le garagiste lyonnais où il faisait suivre ses véhicules, il réglait les factures en espèces. Il se présentait comme « commerçant ». L'usage d'argent liquide ne choquait pas. La Ferrari non plus.

Toni Musulin a attendu plus d'un an après l'achat pour faire mettre la Ferrari à son nom. Officiellement, elle ne lui a appartenu que fin avril 2009, soit deux semaines avant de la déclarer volée. Le détail fera tiquer le juge d'instruction. « Ne pensez-vous pas que vous auriez eu du mal à établir que vous étiez propriétaire du véhicule si elle vous avait été volée avant le 23 avril 2009 ? » « Je n'y ai même pas pensé », répondra Musulin. Le juge demeurera persuadé qu'il n'avait pas pris la peine de faire les formalités de carte grise parce qu'il ne comptait de toute façon pas garder cette voiture. À Villeurbanne, la Ferrari reste la plupart du temps dans un garage loué pas très loin de chez lui. Toni Musulin n'aime pas qu'on le voie avec. Il explique que les gens sont facilement jaloux. Hélène, son ex-compagne, raconte qu'ils faisaient parfois des excursions avec la Ferrari. Mais jamais à Lyon. Ils allaient à Monaco. Musulin dit qu'il se méfiait du regard des autres lorsqu'il était au volant de son bolide rouge vif. Il raconte que des gens le prenaient en photo. Il ne voulait pas avoir d'histoires. Il était mal à l'aise. Ce n'est pas nouveau. Déjà, avec ses premières voitures, les gens avaient commencé à le regarder de travers. Il n'a pourtant jamais pu s'empêcher de les accumuler.

Le fichier des cartes grises lui connaît sept véhicules. Ses premières voitures, des Renault 5 GT Turbo, micro-bolides des années quatre-vingt, qu'il a achetés au début des années quatre-vingt-dix. Il a revendu la première en 1994. Mais, officiellement, il a toujours la seconde. Le fichier des cartes grises signale aussi deux vieilles 405 achetées en 1996 et 1997. Une Audi A6, achetée en janvier 2001. Qu'il s'est fait voler un an plus tard devant sa salle de sport à Villeurbanne. Et, donc, deux Ferrari. Une F360 Modena, achetée en 2005, revendue en août 2008. Cette première Ferrari était une voiture achetée accidentée qu'il avait entièrement fait retaper. Il le précise pour dire qu'elle n'était pas très chère. Sa dernière voiture, c'était la F430 déclarée volée en mai 2009 sur une route de Savoie. Toni Musulin a aussi eu une moto, une grosse Honda. Qui n'était pas à son nom. Officiellement, le convoyeur est donc censé posséder encore plusieurs voitures. Mais certaines ont fait des allers sans retour en Serbie. À Lyon, ses voisins et collègues ne l'ont jamais vu qu'à vélo. Exceptionnellement avec l'AX de sa compagne ou une vieille Peugeot. Chez lui, lors de la perquisition, les policiers retrouveront les doubles des clés de tous ses véhicules. Y compris de ceux qu'il a revendus depuis des années.

Le 8 mai 2009, il est plus de 22 heures lorsque Toni Musulin se présente au commissariat d'Aix-les-Bains. Il veut porter plainte. Deux hommes, explique-t-il à l'agent de police de permanence, lui ont volé sa voiture. Une Ferrari. Musulin raconte la scène au policier. Il était environ 21 heures. Peut-être un peu plus. Il venait de Lyon pour aller passer la soirée au Macumba à Saint-Julien-en-Genevois, vers Annecy. Au départ, il devait y aller avec son cousin Darko. C'était une de leurs habitudes. Toni arrivait en début de soirée chez le cousin en banlieue d'Annecy. Ils dînaient. S'apprêtaient. Et sortaient. En Ferrari. Mais, d'après Musulin, son cousin travaillait ce soir-là et avait dû décliner. Musulin avait donc décidé d'y aller seul. Dans ses dépositions, le cousin dira qu'il a attendu Toni toute la soirée et que c'est lui qui n'est pas venu. Toni est ainsi, le cousin ne s'en est pas inquiété. Au commissariat d'Aix-les-Bains, Musulin raconte qu'il roulait sur une petite route, vers Champagneux, lorsqu'il a remarqué une moto dans son rétroviseur. La moto s'est approchée à plusieurs reprises de lui. À l'arrière, le passager de la moto, lui fait des signes en désignant sa voiture. Pensant qu'il lui signale un problème, Musulin s'arrête sur le bas-côté. La moto s'arrête également. Le conducteur et le passager descendent, se dirigent vers la Ferrari. Ils n'ôtent pas leurs casques. Ils s'approchent. Ils sont habillés en noir et portent des gants. Ils disent quelque chose que Musulin ne comprend pas. L'un des deux, le conducteur de la moto, sort un pistolet automatique, le pointe sur la poitrine de Musulin. L'autre l'empoigne, le sort de la voiture. Les agresseurs sont de type européen. Plus tard, le juge d'instruction s'étonnera qu'il ait pu donner ce détail s'ils portaient un casque intégral. « Ils n'avaient pas la peau foncé. Je les ai bien vus. Ils étaient juste en face de moi. » Le moteur tourne toujours. L'un des deux hommes casqués s'installe au volant de la Ferrari et démarre en trombe. L'autre le suit sur la moto. Quelques secondes plus tard, Musulin le revoit passer à sa hauteur en sens inverse. Il raconte qu'il se sent mal. Qu'il vomit même sur le bas-côté de la route. Au bout de quelques minutes, une voiture passe, il l'arrête et se fait conduire à Aix-les-Bains. En sortant du commissariat après sa déposition, aux alentours de minuit, il appellera son assurance Allianz, Mondial assistance et, dans la foulée, un ami avec qui il est en vague contact. Il n'a plus de voiture et veut savoir s'il peut venir le chercher. L'ami ne répondra pas avant le lendemain matin.

Entre-temps, le commissariat d'Aix a transmis son dossier à la gendarmerie des Échelles en Savoie, brigade compétente sur la zone où se sont produits les faits. C'est le gendarme Gérard Verdu qui prend en charge l'affaire. Il est sceptique. D'emblée. Le soir même, il se rend sur les lieux pour essayer de trouver des indices, des traces. Mais il fait nuit noire et il ne trouve rien. Le surlendemain, il convoque Musulin. Et lui propose de refaire le trajet avec lui. Ils passent et repassent au ralenti sur la portion de départementale. Musulin ne reconnaît pas l'endroit. Il lui semble qu'il y avait une carrière avant, ou peut-être après. Le gendarme lui en montre deux. Musulin ne sait plus où le vol a eu lieu. Le gendarme Verdu le réinterroge sur les faits. Il est de plus en plus perplexe. Il ne comprend pas pourquoi il n'a pas appelé les secours avec son portable immédiatement après le vol. Il ne comprend pas pourquoi il ne peut décrire ni la voiture, ni le conducteur qui l'a pris en stop après. Il trouve la description des voleurs un peu sommaire. Il trouve suspect que Musulin n'ait pas fait équiper sa Ferrari d'un système antivol de repérage. Il trouve étrange cet homme qui se prétend à la fois propriétaire de restaurants et agent de sécurité chez Securitas. Sur son dépôt de plainte, dans la case profession, Toni Musulin est « commerçant ». Mais lors de son audition, il se dit agent de sécurité. Or il n'a pas su identifier l'arme des motards.

Gérard Verdu ne croit pas Musulin. Officiellement, le gendarme Verdu enquête sur une affaire de vol avec arme. Mais il s'intéressera en réalité surtout à Musulin. Le dossier complet qu'il constitue se révélera d'ailleurs précieux quelques mois plus tard pour les enquêteurs de la police judiciaire de Lyon. Le lendemain, il interroge le fichier de la gendarmerie pour savoir si Musulin est connu des services de gendarmerie. Il ne l'est pas. Le gendarme appelle le commissariat de Villeurbanne, personne ne le connaît. Mais il apprend que Musulin est inscrit au fichier de police pour usage et revente de stupéfiants en 1996 à Annecy. Il apprend aussi qu'il avait été mis en cause, puis blanchi, dans une histoire de vol, toujours à Annecy, en 2000. Toni Musulin lui a dit qu'il était ce soir-là dans la région pour aller au Macumba avec son cousin. Le gendarme enquête sur le cousin. Il demande un relevé de tous les appels téléphoniques récents de Toni Musulin. Étudie chaque numéro appelé ou reçu. Durant plusieurs semaines, il ausculte tous ses comptes bancaires. S'aperçoit qu'il en a beaucoup. Et repère sur les comptes tous les mouvements qui lui paraissent aussi suspects. Il trouve que Musulin a aussi beaucoup de voitures. Note qu'il est propriétaire d'une SCI. Tout en déclarant moins de 20 000 euros de revenus par an. Au début de l'été, le gendarme Verdu a rassemblé beaucoup d'éléments. Mais pas le moindre début d'un commencement de preuve.

Entre-temps, Toni Musulin a pris un avocat pour régler les formalités de remboursement avec l'assurance. Il relance son assureur. Fin juin, il se rend à l'agence près de chez lui. L'employé d'Allianz qui assure la Ferrari déclarée (et qui avait déjà assuré la précédente) a aussi des doutes sur le récit de Musulin. Dès le 15 mai, il confie le dossier au bureau de Marseille chargé des fraudes. Parallèlement aux investigations du gendarme Verdu, d'autres enquêteurs pistent aussi une potentielle escroquerie. Un détective privé, mandaté par Allianz, se penche sur le cas Musulin. Il va voir où il habite, où il gare habituellement sa Ferrari. Il s'étonne du peu de standing de la vie de Musulin. Il demande à le rencontrer. Musulin est surpris, mais accepte… à condition que l'entretien se déroule devant le palais de justice de Lyon. Le détective privé ne comprend pas pourquoi. Lors de cet entretien, Musulin est « aimable ». Il raconte de nouveau sa version du vol. Donnant même quelques détails supplémentaires. Il restera en revanche vague sur sa profession, expliquant qu'il est chauffeur pour la société Securitas. Comme pour justifier la propriété d'une Ferrari, il ajoute aussi qu'il possède deux restaurants qu'il a mis en gérance. Il cite l'ancien et le nouveau restaurant d'Hélène, dont il est séparé depuis bientôt un an. Le détective est un peu perplexe. Car Musulin est incapable de donner l'adresse du second restaurant. Dans les conclusions de son rapport remis le 1er octobre à l'assureur, le détective écrit : « L'activité professionnelle de l'assuré, son lieu de domicile, rue

Louis-Braille, et le garage loué ne correspondent en rien avec l'achat de la voiture Ferrari d'un coût et entretien particulièrement élevés. » Pour autant, il n'a aucun élément permettant de savoir s'il y a tentative de fraude à l'assurance. Il faudrait, note-t-il, pouvoir obtenir la géolocalisation du téléphone de Musulin au moment des faits.

Au moment où le détective privé rend son rapport à Allianz, la compagnie d'assurances reçoit des nouvelles de la Ferrari. La société Argos, spécialisée dans la recherche de véhicules volés, a reçu un message d'un de leurs intermédiaires en Serbie. Celui-ci leur dit avoir été contacté par un homme, un certain « Blacky », appelant depuis un portable monténégrin, et disant qu'il a repéré la Ferrari en Albanie. Ledit Blacky voulait faire une proposition de rachat à l'assurance pour 30 000 euros. Il avait aussi indiqué avoir déjà fait une demande similaire pour la même Ferrari, mais par un autre intermédiaire, trop gourmand, qui avait fait capoté la transaction avec l'assurance. Argos, *via* ce Blacky, a même récupéré une photo de la Ferrari. Avec le numéro de série attestant qu'il s'agissait bien du véhicule déclaré volé par Musulin. L'assurance bloque le dossier d'indemnisation de Musulin. Et semble se désintéresser de l'affaire. En réalité, elle tente toujours de localiser la Ferrari en Albanie.

Allianz prend cependant la peine d'informer la gendarmerie des Échelles que la Ferrari a été repérée par Argos en Albanie. Sans autres précisions. Le gendarme fait alors une demande de coopération internationale auprès du ministère de l'Intérieur le 23 octobre 2009. Il veut savoir si la Ferrari a été repérée en Albanie, Serbie ou dans les pays limitrophes en Autriche, Italie, Suisse ou Croatie. Le ministère de l'Intérieur ne se presse guère pour faire suivre. Et le gendarme Verdu n'obtiendra une réponse que le... 10 novembre. Cinq jours après le casse de la Loomis. Entre-temps, Toni Musulin, a changé de statut et la police judicaire de Lyon avait relancé Interpol le 9 novembre. Il n'est plus un simple potentiel petit escroc à l'assurance, il est devenu le casseur du siècle, recherché par toutes les polices d'Europe. Le mail qui arrive le 10 novembre ne donne rien qui puisse permettre à la PJ de savoir où le convoyeur se trouve. Mais il apporte au gendarme Verdu les réponses aux questions qu'il se pose depuis six mois. Le bureau d'Interpol Zagreb a repéré des passages de Musulin à la frontière serbo-croate en 2009 au poste de Bajokovo. Cette douane moderne sur l'autoroute reliant Zagreb à Belgrade est en mesure de fournir des informations très précises sur chaque passage. Interpol a le scan de son passeport. Il est passé une première fois à Bajakovo le 1er mai à bord d'un véhicule immatriculé 538BLN69. La plaque est celle de la Ferrari. Son passeport a été enregistré au retour au même poste frontière le 6 mai à bord d'un autobus. Toni Musulin niera toujours avoir passé ce poste frontière. « Ce n'est pas moi. Je ne sais pas. »

Alors qu'il vient enfin d'avoir la preuve qu'il cherchait depuis six mois, le gendarme Gérard Verdu n'aura pas le plaisir d'aller au bout du dossier. La gendarmerie des Échelles est immédiatement dessaisie au profit de la police judiciaire de Lyon. Un mois plus tard, les enquêteurs reconstituent l'itinéraire d'un des téléphones portables de Musulin la première semaine de mai. Le 1er mai, à 9 heures du matin, il est localisé vers Bourgoin-Jallieu en Isère. À 11 h 41, il passe au nord d'Annecy, en direction du tunnel du Mont-Blanc. À 12 h 43, le téléphone active une borne en Italie. À partir de 21 heures, il est en Croatie. Le lendemain matin, son autre téléphone est utilisé sur le réseau commun à la Serbie et au Monténégro. Ce téléphone réapparaît le 7 mai à Chambéry. L'autre le 8 mai. Il déclenche une borne à Villeurbanne, située à deux pas de l'appartement de Musulin. Le convoyeur a toujours soutenu qu'il était à Lyon, et qu'il travaillait cette première semaine de mai. Sur les feuilles de présence fournies par Loomis, il n'apparaît pas cette semaine-là. Quelques jours après le casse, sa tante Boyca expliquera aux enquêteurs que la dernière fois qu'elle l'a vu, c'était en effet le 1er mai 2009 à Annecy. Les policiers savent alors qu'ils le tiennent pour la Ferrari. Donc, ils le tiennent pour longtemps.

13

Le juge

Ils se sont vus pour la première fois le mercredi 18 novembre au quatrième étage du nouveau palais de justice de Lyon. Dans l'exigu bureau du juge d'instruction Dominique Brault. Présentation formelle durant laquelle le magistrat notifie au convoyeur sa double mise en examen, pour les faits de vols et de tentative d'escroquerie. Le juge lui explique qu'il peut demander l'assistance d'un avocat de son choix ou bénéficier d'un conseil commis d'office. Le convoyeur répond qu'il souhaite s'adjoindre à nouveau les services de Me Christophe Cottet-Bretonnier. Le juge explique aussi au convoyeur qu'il a le droit « soit de se taire », « soit de faire des déclarations ». Le convoyeur n'a pas de déclaration à faire. Et un penchant naturel pour le silence. Il prend la première option. Fin de la première entrevue entre le convoyeur et son juge. Ce fut bref. « Cordial et banal », ajoute Musulin. De Dominique Brault, il ne savait rien. Ni son opiniâtreté. Ni son engagement. Le magistrat a longtemps été représentant national du syndicat de la magistrature. Toni Musulin ne pensait encore rien de ce juge-là. Ni des juges en général. Mais maintenant qu'il est au cœur de la souricière, il lui faut redoubler de prudence. Il lui faut de toute manière être méfiant. Juste après sa mise en examen, sur les conseils de son premier avocat, Me Christophe Cottet-Bretonnier, il en prend un second, un pénaliste pur, et procédurier endurant, Me Hervé Banbanaste. Lui aussi inscrit au barreau de Lyon. Toni Musulin, qui a pour habitude et principe de ne faire confiance à personne, se remettra à partir de ce moment entièrement à ces deux hommes. Ils resteront ses conseils. Longtemps après l'enquête. Longtemps après le procès.

Dans son petit bureau du quatrième étage, Dominique Brault attendait Toni Musulin avec curiosité. Le face à face est asymétrique. Derrière le bureau, le juge, petit homme mince, au verbe prompt. Devant le bureau, massif, immobile et silencieux, le convoyeur. Les deux hommes s'observent. Le magistrat, volontiers jouteur, s'attendait à croiser le fer avec le convoyeur. Il avait préparé le terrain et anticipé la partie. Il savait une chose. Dès le départ. C'est que cette partie serait brève. Éclair même, à l'échelle du temps judiciaire. Particularité du dossier : les faits reprochés correspondent à des délits pénalement légers. Il n'y a dans cette histoire pas d'armes, pas de violence, pas de complices. Rien, juridiquement, pour « aggraver » ces délits. Or la détention provisoire n'est pas infinie. Cette période d'emprisonnement avant qu'un jugement ne soit prononcé est proportionnelle à la peine encourue par le suspect. Dans le cas d'espèce, la durée maximale de la détention provisoire est de quatre mois. Toni Musulin s'est rendu le 16 novembre 2009, le 16 mars 2010, il sera automatiquement libérable. À moins que le juge n'ait d'ici là clos son instruction et renvoyé l'affaire devant une audience correctionnelle. Compte tenu des impondérables délais de procédure, il faut en réalité au juge, pour pouvoir suivre ce calendrier, terminer son instruction… fin janvier 2010. Soit deux mois et demi à peine après avoir mis en examen le suspect. Deux mois et demi pour mener ses interrogatoires, entendre les témoins, diligenter des expertises, boucler l'enquête de terrain, notamment à l'étranger. Les deux faits reprochés à Toni Musulin ont pour point commun de s'être en partie déroulés hors de France. En Serbie et en Italie. Or, pour enquêter à l'étranger, le juge doit délivrer des commissions rogatoires internationales. Ce sont des procédures courantes, mais qui demandent du temps.

Le juge le sait d'emblée, il ne disposera pas de ce temps. En deux mois et demi, il ne pourra pas envoyer ses enquêteurs à l'étranger. Il devra renoncer à certaines investigations. À des hypothèses, aussi. Et, plus handicapant encore, il devra renoncer à ce précieux allié que peut être le temps tout court. Ce temps distordu et malmené par la prison qui peut pousser le détenu à réfléchir, infléchir ou parfois juste fléchir. Ce temps suspendu qui peut délier les langues hors de la prison. Ce temps qui suffit parfois seul à faire remonter à la surface ce qu'on a pourtant pris soin d'enterrer. Le juge devra compter sans. Il devra rompre avec le rythme tout en contretemps de la justice. Et se concentrer sur un seul et même objectif : rassembler suffisamment d'éléments en deux mois et demi pour pouvoir renvoyer son suspect devant un tribunal correctionnel. Lorsque, le 18 novembre, Toni Musulin entre pour la première fois dans son bureau, Dominique Brault a l'implacable calendrier en tête. Il a ciblé ses priorités. Il lui faudra creuser utile. Renoncer à courir après le magot. La course à la cassette est une course de fond incompatible avec le sprint exigé dans cette procédure. Le juge ne cherchera donc pas l'argent. Pas tout de suite en tout cas. Un autre juge s'en chargera plus tard. Après le procès. Dans un supplément d'information judiciaire disjoint et laissé ouvert à cet effet.

Dominique Brault s'intéressera assez peu finalement au casse. Juridiquement, ce pan du dossier ne fait pas de difficulté : le convoyeur a reconnu le vol du fourgon blindé et que l'argent ait été retrouvé ou pas ne change pas la donne. Juridiquement en tout cas. La peine, trois ans maximum, est la même. Avec ou sans les 2,5 millions. C'est la tentative d'escroquerie sur la Ferrari qui changera tout. Qui changera la peine, et le personnage. Qui fera du convoyeur un voyou ordinaire. Rabaissant le héros médiatique voleur de banques au statut moins glorieux de petit escroc de droit commun. Statut plus confortable pour l'enquêteur. Dominique Brault s'intéressera donc particulièrement au volet escroquerie du dossier. Le juge a fourbi ses armes. Il est persuadé que le convoyeur a affuté les siennes. L'homme qui part avec un fourgon blindé contenant 11 millions d'euros et se rend douze jours plus tard, a forcément une idée en tête. Entre eux, il se passerait des choses. Forcément. Et pourtant, cette partie, qui s'annonçait piquante, n'a jamais réussi à embrayer. Toni Musulin n'avait pas envie de jouer. Le juge perçoit un homme acculé. Qui a perdu sa première manche ailleurs et ne peut plus rien remporter ici. Il voit devant lui un homme fini. Et son regard déplaît à Toni Musulin. Le convoyeur s'est donc rapidement tu. Un peu par précaution. Beaucoup par aversion. Il dit : « Il a essayé de m'entourlouper. »

La première audition a lieu le 2 décembre 2009. Un matin. Le juge l'interroge longuement. Musulin, à ce moment-là, répond encore. Avec assurance. Durant cette audition, il expose une version et dessine une posture qu'il conservera jusqu'à son dernier procès avec une constance qui ne souffrira ni la contradiction, ni la confrontation au réel. Sur la Ferrari d'abord. Cette voiture, il a pu se l'acheter grâce aux économies tirées de son labeur. Il a toujours été travailleur. Certes, il l'a mise tardivement à son nom, mais c'était une négligence. Il se l'est faite voler par deux hommes à moto. Il enrichit le récit de menus détails qu'il n'avait pas donnés au gendarme Verdu. Il s'attendait à toutes les questions. Ses réponses étaient prêtes. Elles le sont encore plus sur le vol du fourgon de la Loomis et la cavale qui a suivi. Toni Musulin est allé faire un tour en Italie puis il est rentré. Il n'a pas touché aux billets. Il ne sait pas ce que sont devenus ces 2,5 millions manquants. Il a commis ce vol par vengeance contre son employeur. Employeur humiliant et peu regardant sur les obligations de sécurité. Il raconte tout cela simplement, sans tenter de manœuvre victimaire ou séductrice. Il ne laisse aucune chance à l'empathie. Il donne sa version. Elle est à prendre ou à laisser. Durant ce premier interrogatoire, le juge écoute et prend soin de ne pas bousculer le convoyeur. De ne pas le pousser dans ses retranchements. Il ne le contredit pas. Il observe. Le convoyeur est un curieux personnage. Il a plutôt de l'humour. Il n'en fera jamais usage face au juge.

Le juge garde les sujets qui fâchent pour l'entrevue suivante. Quinze jours plus tard, Musulin se retrouve à nouveau dans le petit bureau du quatrième étage du palais de justice. Les questions, ce matin-là, sont plus précises, moins attendues et beaucoup plus embarrassantes pour le convoyeur. Entre-temps, les enquêteurs de la police judiciaire ont fouillé les « fadettes », factures détaillées des téléphones utilisés par Musulin. L'exploitation a été fructueuse. Depuis le début de l'année 2009, Toni Musulin a utilisé simultanément trois numéros de portable différents. Aucun n'a été ouvert à son nom. Les trois cartes SIM correspondant à ces trois numéros ont été insérées dans quatre appareils distincts. Les cartes passant de l'un à l'autre à des périodes qui intéressent de près l'enquête. Entre le 1er et le 8 mai 2009 notamment. Selon Interpol, Toni Musulin se trouvait en Serbie, avec, puis sans sa Ferrari, entre ces deux dates. Durant cette période, deux de ces numéros attribués au convoyeur ont activé des bornes de téléphonie se trouvant sur une zone correspondant à l'ex-Yougoslavie. Le troisième portable a cessé toute activité à la date du 8 mai. Enfin, les fadettes confirment que Musulin avait des contacts réguliers avec des interlocuteurs en Serbie. Avant le mois de mai et durant cette première semaine de mai. Le juge a ce qu'il veut. De quoi déstabiliser les versions du convoyeur. À défaut de déstabiliser le convoyeur. De quoi, surtout, démontrer qu'il n'est pas l'homme sans histoires vendu par voie de presse avec le casse du siècle. Pour le juge, ce jeu de numéros de portable et de boîtiers n'est pas anodin. Il porte le sceau de la délinquance. Il est celui qu'utilisent les trafiquants et les escrocs. Difficile de savoir si Toni Musulin appartient à ce monde ou s'il ne fait qu'en emprunter les codes. Son attitude durant les interrogatoires oscille en permanence entre comportement de délinquant aguerri et novice commettant erreur sur erreur. Il brouille toute tentative d'explication de ses actes. Ne fournit aucun canevas. Aucune grille de lecture. Ni sur lui, ni sur ses intentions. Il semble parfois avoir établi une stratégie particulièrement élaborée, puis s'arrête net en chemin. Et se jette droit dans la gueule de la première question piège.

Face au juge, Toni Musulin maintient qu'il n'a qu'un seul numéro, le 06 12 40 11 11. Et un seul téléphone, de marque Sony. Il ne sait pas pourquoi la ligne a été ouverte à un autre nom que le sien. Ne connaît pas ce nom. Il ne voit pas à quoi correspondent les deux autres lignes dont lui parle le juge. Celui-ci lui fait remarquer qu'un de ces numéros a été retrouvé sur des documents bancaires lui appartenant. Et que ce numéro sert à appeler, entre autres, un certain Vinko Musulin. Son père. Toni Musulin n'a pas d'explication à fournir au juge. À partir de ce moment-là, ses réponses vont se limiter à « Je ne sais pas », « Je ne comprends pas », « Je n'ai rien à dire ». Le convoyeur a le sentiment que le juge le soupçonne d'appartenance mafieuse. Il trouve le procédé « déloyal et grotesque ». Il se braque. « J'ai compris qu'il voulait que j'aie des complices, qu'il voulait une association de malfaiteurs. Il voulait m'en mettre plein la courge. Alors j'ai décidé que je ne lui dirais plus rien. Je ne voulais pas participer à ça. » Imperturbable, le juge le poursuit de ses interrogations. À la troisième audition, la veille de la fin de l'instruction, fin janvier 2010, le magistrat a en sa possession des résultats d'expertise qui l'interpellent. Lors de la perquisition à l'appartement de Villeurbanne, dans son casier de travail chez Loomis et parmi les objets qu'il avait avec lui à Monaco le jour où il s'est rendu, il y avait des dizaines de clés. Des clés de toutes sortes. Le juge les a fait expertiser. Parmi elles, une douzaine de clés de boîtes aux lettres. Sept clés de voiture. Dont celles de certains de ses anciens véhicules. Des clés anecdotiques comme celles de la machine à café de Loomis. Cette machine à café dans laquelle il ne voulait jamais mettre un sou. D'autres clés intéressent davantage le juge. Comme ces clés dites de « résidence », dont plusieurs venant d'Italie, une d'Espagne. Et, puis, ces clés de vitrines de magasin. Et, surtout, cette grosse clé percée de multiples trous que l'expert identifiera formellement comme celle d'un des coffres-forts de la bijouterie Maier, rue Édouard-Herriot à Lyon. Toni Musulin avait travaillé comme vigile dans cette bijouterie avant de rentrer chez Loomis. Dans son rapport, l'expert judiciaire précisera que la clé et la serrure qui va avec sont toujours déclarées comme actives. Le juge l'interrogera sur ce curieux trophée. Toni Musulin ne répondra pas.

Parfois, comme pour rompre la monotonie de ces questions précises auxquelles il sait qu'il n'aura pas de réponse, le juge revient sur cette personnalité qui l'intrigue. Il lui demande si le surnom de « la pince » lui évoque quelque chose. Toni Musulin répond d'un sourire. Ce sera son unique amabilité. Le convoyeur a l'impression d'avoir « déçu » son juge. Il dit cela en affichant un air de victoire. À l'issue de la dernière audition, le juge ne saura pas pourquoi Toni Musulin s'est rendu. Face à son silence, il ne pourra, à l'heure de clore le dossier, que supputer. Toni Musulin semble avoir agi seul. Ce sera la seule quasi-certitude du juge. Mais a-t-il agi pour d'autres ? Avait-il des dettes ? Qu'a-t-il fait des 2,5 millions manquants au butin ? Où a-t-il pu aller depuis Naples ? À quoi correspondent les 672 kilomètres inexpliqués sur le compteur de sa moto ? À la fin de l'instruction, aucune de ces questions n'aura trouvé de réponse. Depuis sa prison, Toni Musulin assure qu'il en sera toujours ainsi. Il répète : « Ils ne trouveront rien. » Il en sourit mais cela n'aura pas changé grand-chose pour lui. Le magistrat instructeur n'avait pas besoin de ces réponses pour signer son renvoi vers un tribunal correctionnel. Il savait que les magistrats en charge ensuite de le juger n'en auraient pas non plus besoin pour le condamner. Sa reddition suffisait. Il s'était piégé lui-même.

Toni Musulin demeure persuadé que « tout était arrangé d'avance ». Il parle d'une « parodie de justice ». Il s'amuse à raconter ses transferts depuis la prison jusqu'au palais de justice de Lyon pour ses auditions devant le juge. « Au lieu de me mettre dans le camion avec les autres détenus qui vont au palais, on me réservait une voiture spéciale avec des policiers armés jusqu'aux dents. Comme si j'étais un dangereux terroriste. On se serait cru dans un film. » Il aime à rappeler qu'il n'a « ni tué, ni violé ». Il explique qu'autour de lui, dans cette prison, il y a des criminels. « Des vrais. » Il a l'amer sentiment que « jamais ça n'a été pris en compte ». Lui a volé « sans faire de mal ». Mais il a volé beaucoup. Et il sait que cela change tout. « L'argent les rend fous. Ils étaient obligés de me traiter spécialement. » « Ils ont balayé des recours pourtant fondés de mes avocats. J'ai compris que, quand on est pris dans leurs filets, c'est cuit. C'est eux qui arrangent tout à leur sauce. » Il dit : « La justice n'existe pas ». Toni Musulin pensera à cela en entrant dans le box des accusés.

14

Le procès

Le procès doit durer toute la journée du 11 mai 2010. La plus grande salle du palais de justice de Lyon, la salle C, a été réservée pour l'occasion. Les journalistes sont attendus nombreux. L'AFP a, ce jour, dépêché trois journalistes en charge d'écrire les dépêches, plus un photographe, un dessinateur et un caméraman. Tel un animal à trois têtes, les trois rédactrices s'assoient côte à côte sur un banc spécifiquement réservé, derrière les avocats des parties civiles et face au box. Ensemble, elles s'assoient, ensemble, elles déplient leurs trois ordinateurs siglés du même autocollant AFP. Le reste de la presse prend place, s'échange bises, journaux et impressions matinales. Les télés se bousculent pour filmer. Mais elles ne savent pas quoi. Cette affaire n'a d'autre figure que celle de Toni Musulin qui n'est pas encore dans la salle. Les victimes sont une société de transport de fonds et une compagnie d'assurances. Leurs responsables n'ont ni noms, ni visages. Ils ne se sont jamais exprimés. Ils ne sont pas venus au procès. Dans la salle, derrière les journalistes, quelques curieux et admirateurs du convoyeur, le juge d'instruction, une partie de SRPJ de Lyon mais aussi une poignée de voyous notoirement connus des services précédemment cités, amenés sur ces bancs par une curiosité que l'on devine pas totalement désintéressée. Les rares personnes vaguement proches du convoyeur ne sont pas là. Toni Musulin avait demandé *via* ses avocats à ce qu'aucun membre de sa famille ne soit présent. Il dit qu'il veut les protéger. Que cela ne les regarde pas. Seul le cousin Darko est venu. Discrètement, accompagné d'un copain. Il s'est assis au deuxième rang à droite. Tout près du box. Personne ne le connaît. Et les caméras continuent à chercher quoi filmer. Il faut attendre l'arrivée de Kader Benguèche, le délégué CGT de Loomis, flanqué de Philippe Ferrero et Didier Matrundola, les deux collègues que Musulin avait laissés sur le parking de Transval six mois plus tôt, pour que les caméramans trouvent enfin des visages à fixer. Les convoyeurs restent assis et silencieux face à l'essaim de caméras et d'appareils photos. L'essaim grossit, et commence à envahir le banc des avocats. L'essaim casse une lampe. Une dame vient avec sa pelle et sa balayette. Repart avec les débris de la lampe. La cloche sonne. Le président, ses deux assesseurs et le procureur entrent. Les caméras sont sommées d'évacuer la salle. Toni Musulin pénètre dans le box. Il ne ressemble en rien à son personnage. Celui de la photo dans les journaux. La figure aux bajoues juvéniles a pris de l'âge, de la barbe, de la corpulence. Son regard, auquel tous les autres sont suspendus, est fixe. Il n'attend rien de ce procès.

Le président Jean-Hugues Gay procède à l'appel des témoins. Les avocats de la défense ont convoqué Carol Boulanger, le caissier principal de la Banque de France, pour parler des billets. Et Kader Benguèche, le délégué CGT, pour parler des conditions de travail et du respect des règles de sécurité chez Loomis. Mais deux autres hommes tiennent à être entendus. Philippe Ferrero et Didier Matrundola, les deux convoyeurs qui étaient avec Musulin le jour du casse, trépignent. Ils sont venus avec leur avocat. Ils ont peur, encore une fois, d'être les oubliés de cette affaire. Ils ne comprennent pas que la justice ne les ait pas convoqués d'office. Alors ils se sont d'eux-mêmes rendus à l'audience, demandant audition. Le président accepte, tout en rappelant qu'ils avaient déjà été beaucoup entendus lors de l'instruction et qu'ils avaient livré des témoignages « pour le moins contradictoires ». Les deux convoyeurs ne relèvent pas, et tentent d'interpeller du regard Toni Musulin. Qui les ignore, comme il ignore tout ce qui se joue dans cette salle d'audience. Toni Musulin fait acte de présence. Il laisse ses avocats se charger d'assurer et définir une ligne de défense.

Hervé Banbanaste et Christophe Cottet-Bretonnier restent debout dos à lui devant le box. En avant, les bras tantôt croisés haut sur le torse, tantôt libérés en moulinets désarticulés accompagnant un verbe aux accents de pénaliste d'un âge qui n'est pas le sien, Hervé Banbanaste est remonté comme un ressort contre ce qu'il estime être un traitement d'exception pour son client. Depuis quatre mois, il joue en vain de la procédure pour tenter de l'extraire de prison. Depuis la fin de l'instruction, les avocats ont épaissi le dossier de leur client de dizaines et de dizaines de pages de requêtes diverses et variées. Quinze requêtes au total. Toutes ont été rejetées. Parfois par paquets entiers, sans même être étudiées. Les manœuvres de la défense ont été systématiquement jugées dilatoires ou infondées par le parquet. En ouverture du procès, Hervé Banbanaste refait l'historique de la guerre procédurale des derniers mois. Il dit que « c'est intolérable ». Il dit que la justice, « obsédée par le fait de vouloir que Musulin comparaisse menotté », est allée trop vite. Il dit qu'elle n'a pas fait son travail correctement. Il voit dans ce dossier « un feu d'artifice de nullités ». Et redemande à ce qu'elles soient soulevées. Hervé Banbanaste parle d'une voix forte, en arpentant le prétoire à grandes enjambées. Dans son box, Toni Musulin est parfaitement immobile et fixe le sol. Il est attentif.

Le début de ce premier procès sera peut-être le seul moment où le convoyeur acceptera, très vaguement, le principe d'un échange avec autrui en public. Le président Gay est un des rares à ne pas sembler s'intéresser au butin disparu. « Je crois, dira-t-il en cours d'audience, être la personne qui s'en moque le plus. » Toni Musulin n'est pas insensible à cette disposition d'esprit. Alors, face à lui, il raconte son histoire. Un peu, suivant le chemin qu'il avait balisé dès le début de l'instruction. Il raconte sa vie d'« homme normal », de « travailleur » malmené par un employeur injuste. Il dit les frustrations qui mènent à la colère et le désir de frapper un grand coup. Il ne cache pas la haine qu'il porte de façon très personnelle à ses chefs. Ne cherche pas à habiller sa colère d'un discours social plus général. Lorsque le président lui rappelle que les chefs en question ont depuis son casse été licenciés, Musulin répond d'une voix la plus appuyée possible que « c'est bien fait ». Il ne regarde personne mais parle fort comme pour s'assurer que ses mots parviennent bien aux oreilles des responsables de son ancienne société. Sans que personne ne lui demande rien, lui le si taiseux, il tient à ajouter qu'il a regretté de « ne pas avoir en plus mis le feu au fourgon en partant ». Me Claudia Chemarin-Maisonneuve, l'avocate de Loomis note que Toni Musulin n'a « jamais eu le profil d'un salarié en souffrance ». Qu'il n'a jamais eu l'« air abattu », et ne prenait « jamais de congés maladie ».

Le délégué CGT Kader Benguèche vient donner structure et crédibilité à la ligne de défense de Musulin, qui avait jusqu'ici laissé l'auditoire plutôt sceptique. Le délégué syndical confirme le non-respect des règles de sécurité, dénonce la pression économique sur les convoyeurs. L'homme, droit comme le gendarme qu'il a longtemps été, témoigne de façon posée. Il conclut de ces mots : « Son acte est à déplorer. Mais cela peut s'expliquer. Il y a des situations qui peuvent mener à des dérapages. » Entrent ensuite, l'un après l'autre, les deux collègues de l'équipée du 5 novembre. Le premier, Didier Matrundola, petit homme dont la silhouette semble avoir été sculptée par les exercices de musculation, dit son émotion de se trouver là. Le président soupire. Agacé. Matrundola enchaîne les hommages à son ancien collègue. « Un mec bien. » « Quelqu'un que j'estime beaucoup. » Le président raille cet équipage « qui n'avait pourtant pas l'air si fusionnel » et lui rappelle sèchement qu'il avait fait preuve de moins d'empathie à l'égard de Musulin lorsqu'il avait été entendu durant l'enquête. Il l'interroge sur les règles de sécurité chez Loomis. Le témoignage de Matrundola ne s'embarrasse pas de nuances. « C'était du grand n'importe quoi. Ça explique qu'il y ait eu des extravagances. » Didier Matrundola explique qu'il n'a jamais eu de formation. Qu'il ne savait pas qu'il ne fallait pas charger autant d'argent dans le fourgon. Ni même qu'il existait une fiche professionnelle officielle sur les règles du transport de fonds. « C'est Toni qui nous expliquait la sécurité et ce qu'il fallait faire. » Philippe Ferrero est dans un registre similaire. Poussant l'empathie jusqu'à l'identification. Il explique que, pour lui, « Toni restera toujours son collègue ». Qu'il peut totalement comprendre son geste. « Je comprends parce que je le vis moi aussi. » Le président finit par s'amuser du numéro. « Vous comprenez beaucoup d'autres articles du Code pénal comme celui-ci ? » « C'est mon ami », enchaîne Ferrero. Le président lui fait remarquer qu'il a commis des fautes le jour du casse. Imperturbable, le convoyeur poursuit : « Je sens la même chose que Toni. Je peux comprendre qu'on puisse péter un câble. » Il parle de la pression que fait peser l'entreprise sur ses épaules depuis le casse. Cette fois-ci, c'est l'avocate de Loomis qui s'agace. Me Claudia Chemarin-Maisonneuve se lève. Elle demande à Philipe Ferrero de bien vouloir rappeler quelles sanctions ont été prononcées contre lui ? « Un avertissement. » L'avocate se rassoit satisfaite. Ferrero reprend ses déclarations d'amitié pour Musulin. Le président dit qu'il va en rester là.

Il reprend le face à face avec Toni Musulin. Le ton cordial du début d'audience va doucement se crisper. Puis s'enrayer. Le convoyeur laisse vite comprendre qu'il ne variera pas d'une virgule sur la version allégée des faits qu'il avait préalablement livrée au juge d'instruction. Alors, depuis son siège, le président Gay attaque sur d'autres fronts. Des fronts périphériques qui paraissent anodins. Mais qui ne le sont pas pour Musulin. Entre deux questions sur la Serbie, la téléphonie, la Ferrari, les millions et Monaco, le président le cherche. Il laisse entendre qu'il a payé sa Ferrari trop cher pour une voiture à fort kilométrage usée « par des sagouins » sur des circuits. Il cherche le convoyeur sur sa propension à se faire passer pour un restaurateur important. Enfin, il lui pose des questions sur son niveau en krav maga. Questions qui mettent Musulin dans un état de colère proche de la prostration. « Quelle est votre ceinture au krav maga ? » « Je ne vous le dirai pas. Ce n'est pas normal comme question. » Le président lui repose la question un nombre incalculable de fois. Il paraît davantage intrigué par ses réactions que réellement intéressé par une potentielle réponse. Musulin, peu à peu, se braque à toute question. L'audience se devient stérile. Le cliquetis des claviers des ordinateurs de l'AFP ralentit. En fin d'après-midi, le président note dans une moue avoir « l'impression que le vin est tiré ».

Toni Musulin a parlé sans parler. Il n'a rien dit des 2,5 millions d'euros manquants. « Ce qui aurait pu être le seul intérêt de ce procès », estime le procureur. Dans son réquisitoire, il est beaucoup question d'argent. L'argent qui rend ce dossier « exceptionnel ». Il dit : « Il suffit de lire la presse. » Il parle de cet « énorme pactole ». Précise que la clémence de la justice aurait eu un sens s'il avait consenti à rendre le butin. « Mais M. Musulin n'est pas cet homme. Il est entêté, calculateur et cynique. » Le procureur explique que le convoyeur a tout calculé : faire trois ans de prison moins les remises de peine pour profiter ensuite de son argent. Le procureur aussi a calculé. « 2,5 millions, explique-t-il, cela correspond à cent cinquante ans de travail d'un Français moyen. » Il réclame cinq ans de prison ferme. Derrière, les avocats de Toni Musulin dénonceront une justice d'exception taillée à la simple mesure médiatique du fait divers. Ils rappelleront encore et encore que le Code pénal punit le vol simple d'une peine de trois ans maximum. Et qu'une escroquerie, ou tentative (ce qui revient au même en droit), n'est en réalité jamais sanctionnée des cinq années de prison ferme prévues par le Code pénal. Me Christophe Cottet-Bretonnier, qui défend Musulin sur le volet de la Ferrari, expose la jurisprudence en la matière. Il a une centaine d'arrêts dans sa besace pour des faits similaires lorsque, comme Toni Musulin, on se présente avec un casier vierge devant le tribunal. Dans 90 % des cas, les condamnations se sont limitées à du sursis. Les seules peines de prison ferme concernaient des récidivistes. Et elles n'avaient jamais atteint cinq ans. Me Christophe Cottet-Bretonnier met en garde « les juges qui pourraient être tentés de céder à la facilité en utilisant artificiellement le quantum de la tentative d'escroquerie pour alourdir la peine de vol ». Sous prétexte que Toni Musulin aurait trop volé. Me Hervé Banbanaste poursuit et prévient : « Je ne veux pas que mon client soit jugé au nombre de journalistes présents et à l'émotion que suscite l'argent. » Il parle de la tentation. « De ces billets qui passaient comme la promesse d'une vie meilleure sous l'œil du convoyeur. » Il raconte ce type « normal » qui a un jour basculé. Hervé Banbanaste rappelle qu'il n'y a eu ni violence, ni complicités, ni usage d'armes. « C'est une affaire où personne n'a pleuré. Sauf peut-être de rire. »

Les juges rendront leur décision sans attendre dans la soirée de ce 11 mai. Trois ans de prison. Le maximum pour un vol. Le minimum qu'il pouvait espérer. Dans son box, à l'énoncé de la peine Toni Musulin ne réagit pas. « Je savais que cela n'allait pas se terminer comme ça. » Il avait raison. Il n'est pas loin de 23 heures. Dans la salle des pas perdus du palais de justice, Marc Désert, le nouveau procureur de la République de Lyon, parle le visage éclairé par les projecteurs des caméras de télévision. L'encre du jugement n'est pas encore sèche qu'il annonce son intention de faire appel. « Nous ne laisserons pas M. Musulin profiter impunément du fruit de son larcin », martèle le magistrat.

Six mois plus tard, en septembre, Toni Musulin se retrouve donc à nouveau dans une salle d'audience, devant la cour d'appel de Lyon. Le procès sera vite expédié. Ni la cour, ni le prévenu ne semblaient accorder réellement d'intérêt à cette seconde audience. Toni Musulin s'était persuadé que tout était joué d'avance. Que la justice allait chercher à le piéger. Il avait eu le temps de mûrir colère et méfiance en prison. À l'ouverture du procès, les photographes et caméramans n'ont pas été évacués de la salle. Le convoyeur s'est retrouvé plusieurs minutes sous le feu des flashs, avant d'être exfiltré par les deux policiers qui l'accompagnaient. Le brouhaha dans la salle a continué encore quelques instants. Puis un bruit sec l'a interrompu. De rage, Toni Musulin, a donné un coup de pied dans les portes boisées du vieux palais de justice. Le pied a traversé. L'audience s'est déroulée avec cet accroc au décor, un trou béant dans la porte. L'avocate générale insistera encore sur l'argent. Les 2,5 millions manquants, mais aussi cet argent que Toni Musulin brassait dans sa vie d'avant. Elle interrogera en vain le convoyeur sur ses capacités de paiement et son train de vie. Elle dira en désignant la salle :

« Personne ne peut ici s'offrir une Ferrari et vous vous en achetez une avec un salaire de convoyeur à 1 500 euros ? » Elle avancera que le vol de la Loomis n'est pas le coup d'essai d'un homme sans histoires. « C'est un acte qui s'inscrit dans une continuité. » La cour d'appel rendra sa décision un mois et demi plus tard. Le 2 novembre 2010, Toni Musulin est condamné à cinq ans de prison ferme. L'arrêt de la cour d'appel souligne l'« exceptionnelle gravité » des délits. Il pointe l'« organisation minutieuse » et la « détermination constante dans l'intention coupable » de Toni Musulin qui justifient une peine « exemplaire » et « dissuasive ». Les magistrats motivent également la fermeté de leur décision par un souci plus singulier, celui d'« éviter toute émulation ». Renvoyant les faits à leur résonance médiatique. Et Toni Musulin à son personnage.

15

L'argent

Le 26 novembre 2010, s'est tenu un troisième procès Musulin. Le procès des intérêts civils, celui qui permet aux victimes, une fois les condamnations pénales prononcées à l'encontre de l'auteur des faits, de demander réparation des préjudices qu'elles ont subis. Celui où se mesure non plus la faute, mais le coût de la faute. Il n'y avait plus ce jour-là sur les bancs de la 16e chambre du tribunal de grande instance de Lyon qu'une équipe de France 3 Région et un journaliste du *Progrès*. Personne dans le box des accusés. Toni Musulin avait refusé son extraction de la prison. Faisant savoir par son avocat au président de la chambre que tout cela désormais « l'indifférait ». Le visage du magistrat s'est fendu d'un sourire. Il a précisé qu'il n'en était guère étonné. Les avocats des parties civiles, Loomis et l'assureur Allianz, ne se sont pas davantage émus d'avoir face à eux un box vide. L'affaire était en réalité pour eux terminée. Ce procès de l'argent n'intéressait plus personne. Étrange morale d'une histoire qui n'a pourtant existé qu'au travers de sa valeur marchande. Une affaire née d'une somme record. Et qui reste encore suspendue à l'envol mystérieux de 2,5 millions d'euros. Le butin, la cassette, le magot. L'argent qui rend fou. Celui qui a fait de Toni Musulin quelqu'un. Quelqu'un qui a. Et, pire, quelqu'un qui sait et qui ne dit pas. L'argent derrière lequel court toujours un juge et des enquêteurs de la police judiciaire. L'argent qui a légitimé d'outrepasser les sanctions pénales prévues pour un délit de vol. Toni Musulin avait trop volé pour être puni comme un simple voleur. L'argent dont il risquait de profiter un jour. Un jour que l'indécence de la somme ne rendait jamais assez lointain. L'argent qui résonne dans les cris des détenus de la prison et justifie le placement de Musulin en quartier d'isolement. L'argent. Deux millions cinq cent mille euros. De cet argent pourtant, il n'a pas été question à l'audience du 26 novembre 2010. Car, *in fine*, personne ne le réclame, ni même n'en revendique la propriété.

Pour comprendre cette curieuse issue, il faut remonter au premier jour. Jour du casse. La société Loomis vient de perdre 11 605 000 euros. Les billets qui se trouvaient dans le fourgon ne lui appartiennent pas. Ils appartiennent à des banques pour lesquelles Loomis assure le transport de fonds. Mais dont elle est, en tant que « voiturier », garante durant le transport. Les clients de Loomis seront intégralement remboursés dès le lendemain, *via* un emprunt contracté par la société Loomis France auprès de sa maison mère en Suède Loomis AB. L'emprunt se fait au taux du marché. Le 7 novembre, la police judiciaire retrouve 9,105 millions d'euros dans le box loué par Toni Musulin. Cet argent est restitué à Loomis le 12 novembre qui réduit par remboursement son crédit à 2,5 millions d'euros. Il leur faut attendre encore un mois, le 12 décembre, pour être à leur tour remboursé par leur assurance. À raison d'une franchise de 250 000 euros, Loomis touchera 2,25 millions d'euros sur les 2,5 millions disparus. Elle aura eu, par ailleurs, à payer entre le 5 novembre et le 12 décembre 111 984 euros d'intérêts sur les prêts contractés pour rembourser ses clients. Un mois après ce casse que l'on complète encore de cette particule « du siècle », le montant du préjudice subi par la seule victime déclarée, la société Loomis France, était équivalent à... 361 984 euros. Une somme à six chiffres, loin, très loin des millions qui ont donné raison médiatique à cette affaire. La facture s'alourdira tout de même pour la société Loomis lorsqu'il s'agira de renouveler son contrat d'assurance pour l'année suivante. L'épisode Toni Musulin a entraîné un effet malus. Et de

3,05 millions d'euros en 2009, la prime d'assurance de Loomis est passée pour 2010, à 3,70 millions, soit une hausse de près de 700 000 euros. Sur le document justifiant cette hausse, l'assureur indique qu'elle est due « à différents facteurs », mais que « l'augmentation des demandes d'indemnisation de la société Loomis France a été un des facteurs significatifs » dans la décision d'augmenter le tarif. Lors de l'audience civile du 26 novembre, l'avocat de Loomis présentera donc une facture intégrant ce surcoût. Déclarant un préjudice global d'un peu plus d'un million d'euros.

Il intégrera aussi des dommages « symboliques » d'un euro sur lesquels il n'insistera pas. Comme les préjudices dits de réputation et d'image pour la société Loomis. Il fera vaguement mention des conséquences en termes de réorganisation interne. En évoquant le licenciement du directeur de l'agence de Lyon. Là aussi en se gardant bien d'insister. En réalité, ces dommages sont loin d'être symboliques. Après les sanctions des supérieurs directs de Toni Musulin à l'agence de Lyon, Loomis a procédé dans les mois qui ont suivi à une opération de nettoyage d'envergure en se débarrassant d'une dizaine de cadres dirigeants, jusqu'au président de la filiale France. De ces frais-là, Loomis ne parlera pas. Évitant ainsi le risque d'exposer publiquement les petits arrangements de chacun avec les règles de sécurité sans lesquels Toni Musulin n'aurait jamais pu partir au volant de son fourgon. L'avocat de Loomis se contentera de dénoncer le préjudice en termes d'intérêts bancaires et de hausse de prime d'assurance. Préjudice par ailleurs discuté par la défense du convoyeur en termes de droit. Puisque n'étant pas partie au contrat qui lie Loomis à son assureur, Toni Musulin n'est pas selon elle « personnellement et directement » responsable de la hausse de la prime d'assurance. Et ne peut donc juridiquement en être inquiété. Les juges trancheront sur ce point de droit des assurances.

Les avocats se disputeront gentiment sur l'évaluation de ces coûts annexes au casse du siècle. D'autant plus gentiment que Toni Musulin est officiellement un individu non solvable. Il avait pris la peine avant de partir avec son fourgon de vider l'intégralité de ses comptes en banque. À quoi bon dès lors, pour ses créanciers, s'user en procédures et discussions. La justice, en le condamnant en appel au maximum des peines de prison ferme qu'il pouvait encourir, lui a fait en ce sens une paradoxale faveur. Il aurait pu avoir une peine plus courte, assortie d'une période de sursis mise à l'épreuve. Avec un contrôle judiciaire contraignant. L'exposant à des mesures de remboursements mensuels. Et, bien pire, à la convoitise et aux fantasmes des autres. Ceux que l'argent rend fous. Mais Toni Musulin a été condamné à cinq années de prison ferme. Lorsqu'il aura effectué cette peine, il n'y aura plus aucun moyen de contrainte contre lui. Aucun moyen coercitif pour l'obliger même à rembourser les dommages mollement réclamés par Loomis. Le convoyeur sera libre. Il sera pauvre. Les 2,5 millions qui n'appartiennent à personne n'existeront pas. Toni Musulin dit qu'ils n'ont jamais existé.

Pour l'éditeur, le principe est d'utiliser des papiers composés de fibres naturelles, renouvelables, recyclables et fabriquées à partir de bois issus de forêts qui adoptent un système d'aménagement durable.

En outre, l'éditeur attend de ses fournisseurs de papier qu'ils s'inscrivent dans une démarche de certification environnementale reconnue.

Cet ouvrage a été composé
par Nord Compo à Villeneuve-d'Ascq

Impression réalisée par
CPI BRODARD ET TAUPIN
La Flèche (Sarthe)

pour le compte des Éditions Stock
31, rue de Fleurus, 75006 Paris
en janvier 2011

Imprimé en France
Dépôt légal : janvier 2011
N° d'édition : 01 – N° d'impression : 61293
54-07-6784/0